Cuaderno de Amor de Antonio Gala

Antonio Gala

Cuaderno de
Amor de Antonio Gala

Edición de
Isabel Martínez Moreno

biblioteca ⊕ *la esfera*

Primera edición: septiembre de 2001
Segunda edición: septiembre de 2001

© Antonio Gala Velasco, 2001
© Edición de: Isabel Martínez Moreno
© La Esfera de los Libros, S.L., 2001
Avenida de Alfonso XIII, 1, bajos.
28002 Madrid

Diseño de colección: Compañía de Diseño
Diseño de cubierta: Compañía de Diseño
ISBN: 84-9734-004-3
Depósito legal: M. 36.290-2001
Fotocomposición: Esfera Gráfica
Impresión: Anzos
Encuadernación: Encuadernación 90
Impreso en España

ÍNDICE

Agradezco a Isabel Martínez Moreno y a La Esfera de los Libros que hayan recogido mis pensamientos sobre el amor, primero *en la secreta bodega,* y después hayan decidido publicarlos.

Este pequeño libro me sirve para comprobar, otra vez, que, sin el amor, mi obra adolecería de falta de sentido. Lo mismo que mi vida. El amor, a una y a otra, les ha dado la tensión imprescindible. La tensión que el arco necesita para lanzar la flecha, dé o no en la diana. La tensión que el ser humano necesita para mantenerse en pie y avanzar y dirigirse a los demás para que avancen.

El amor, como la poesía, brota o subyace en toda mi obra. Justificándola como una razón de ser. Sosteniéndola lo más alto posible. Porque sólo la poesía y el amor son los poseedores del secreto. Y de la verdad. Y del milagro.

El amor, visible o no, late, clarifica, enardece cuanto he escrito y cuanto he vivido. Él, o su presentimiento, o su añoranza. Quien ama gana siempre. Hasta cuando desciende la encerada cuesta del desamor. Entre el monte Tabor de la transfiguración y el Getsemaní del abandono hay más relación de la que a primera vista percibimos.

De ahí que este *Cuaderno* pueda, a mí y a sus lectores, sernos útil. Como un breviario íntimo. Como un mínimo espejo en el que, alguna parte de nuestro corazón, se sienta reflejada.

Eso es cuanto deseo.

EL AMOR Y SUS PAISAJES

«Cuando el amor comienza, hay un momento
en que Dios se sorprende
de haber urdido algo tan hermoso.
Entonces, se inaugura
—entre el fulgor y el júbilo—
el mundo nuevamente,
y pedir lo imposible
no es pedir demasiado.»

Antonio Gala

Desde el principio Antonio Gala emprende su andadura literaria como un destino ineludible; dócil a una voz inmisericorde que le ordena continuar adelante: «¡Tú sigue! Pero ¿hacia dónde? ¡Sigue, tú sigue!» Y la aborda de corazón; poniendo en cada trazo, en cada página, en la voz y en el alma de sus personajes su propia voz y su propio ser. Así la emprende y así la continúa. A lo largo de esta dilatada y fecunda carrera ha cultivado todos los géneros literarios, y muchos han sido los temas sobre los que ha versificado, narrado, escenificado y reflexionado: la Vida, la Mujer, la Esperanza, la Muerte, la Libertad, la Felicidad, el Humor, el Hombre, la Historia, la Soledad... Y, el Amor: fuente de belleza y exquisitez en la obra literaria de Antonio Gala.

Desde el principio, sin otro equipaje que la palabra, busca y surca la senda que conduce al Amor: siempre venerado; siempre, y constantemente anhelado. Con palabras compone la canción de Amor más hermosa: la *Canción del Paraíso.* Con palabras pinta el rostro del Amor: su calidez, su nitidez, su candidez también. Con palabras cincela la arquitectura del Amor:

materia eterna y de cristal, como un sueño o una caricia. Con palabras conjuga sus nombres y sus pronombres: el *yo* y el *tú* que, fundidos y confundidos, proyectan el abrazo en el gozo del *nosotros*. Con palabras describe los paisajes del Amor: geografía de paraísos azules y suntuosos; islas, edenes, reinos: un Nuevo Mundo donde el Amor, como la tierra prometida, destila en los que aman su perfume de leche y miel. Con palabras traza el camino hacia el Amor: en él viajan, viven, sueñan y perviven sus personajes. El Amor marca el ritmo y el rumbo de sus pasos y de sus días.

Y, desde el principio, desde *Enemigo íntimo* —su primer libro de poemas (1959)—, hasta *El imposible olvido* —su última novela (2001)—, fui polizón por los escenarios galianos del Amor. A la sombra de las palabras, desde la intimidad anónima del rincón, fui testigo silencioso de lo que hablan, anhelan, aman y sienten los personajes de Antonio Gala; también de su soledad, de su olvido y de su desamor. El clamor y el eco de sus voces es la música que escribe la caligrafía del *Cuaderno de amor de Antonio Gala*. No se trata de un libro de creación del autor, sino de una recopilación de los fragmentos, los párrafos, los versos y las declaraciones a través de los cuales Gala define el Amor y sus paisajes. Es, por tanto, un texto donde se recoge, al menos ésa ha sido mi intención, el pensamiento amoroso del autor: su esencia y su filosofía.

Desde el principio, a la hora de editar el material existente, primó el deseo de claridad y de sencillez; de ahí que las citas se presenten agrupadas temáticamente por orden alfabético. Así, junto a la palabra Amor, se incluyen aquellas otras con que el autor expresa sentimientos, ideas, imágenes y realidades íntimamente relacionados con el Amor: bien porque a través de ellos él se configura, bien porque ellos encuentran en el Amor su razón de ser.

Cuaderno de Amor es el cuaderno del Amado-Amante: *un devoto y un dios; un esclavo y un amo.* Del Amar: *sólo aquello que amamos/es capaz de decirnos quiénes somos.* Del Amor-Amistad: *el amor más alto a que puede aspirar un hombre es uno que estuviese hecho de amistad y erotismo.* Del Amor-Dádiva: *un regalo recíproco que hay que agradecer siempre.* De la Aventura: *un sucedáneo del Amor.* Del Beso: *el auténtico don de lenguas.* De las Caricias: *una efusión de paz, de alegría recíproca, de ruptura de la agresión y de la soledad.* De los Celos: *ese temor de que la persona amada mude su sentir.* Del Corazón: *un pájaro que llama y que responde.* Del Cuerpo: *el vaso del espíritu, tan venerable como un templo.* Del Desamor: *cuando el amor se rompe, nos acribillan sus filos y desangran.* Del Divorcio: *una declaración de ruina.* De Echar de Menos: *una forma de entregarse.* De los Enamorados: *la más difícil profesión.* Del Erotismo: *natural e interior,* y de la Pornografía: *estimulante artificial y externo.* De la Felicidad: *un sobrecogimiento, una racha de aire.* De los Homosexuales: *la doble mujer y el doble hombre arden por completarse con los dos de su mismo sexo.* Del Matrimonio: *una norma de higiene social y de protección.* De la Pasión: *una guerra cuerpo a cuerpo.* Del Placer: *sólo uno de los lenguajes del amor.* De los Recuerdos: *voces que un día amamos, manos cuyas caricias se perdieron.* De la Seducción: *una estrategia, aspire a lo que aspire.* De los Sentidos: *por sus ventanas nos llega el mundo.* De los Sentimientos: *camino por el que se avanza juntos y coincidentes.* Del Sexo: *la fuerza más grande y más sutil; un impulso absolutamente sagrado.* De los Solitarios: *huérfanos de abril y de esperanza.* De los Solteros: *protagonistas de historias admirables.*

A través de estos conceptos el *Cuaderno de Amor de Antonio Gala* contiene el significado del Amor y el universo de todo cuanto en él existe. Él es *la fuerza de la fuerza;* una *titilación,* un *cóndor bicéfalo* que *constela con sus soles la noche* por *caminos sorprendentes: una mirada, un libro, un río, una canción, una manera de entrelazar los dedos...* Así, por él todo ungido y teñido, las páginas de este *Cuaderno* son *testimonio verdadero de este mundo, que no es verdad sino cuando el Amor lo toca.*

Isabel Martínez Moreno
Corral de Almaguer, 2001

Amado-Amante

¿QUÉ ES EL amante; qué, el amado? Su diferencia no es de cantidad, sino de calidad. En toda relación amorosa hay, en último término, un devoto y un dios, un esclavo y un amo. Hay quien rompe a hablar y quien responde.

EL PAPEL DE amante y el de amado nada tienen que ver con la postura física: es algo interior y más trascendental, algo invariable hasta la muerte.

EL AMOR ES como una comedia, bien o mal escrita, y todos nacemos con los papeles repartidos. Todos, al nacer, traemos debajo del brazo el papel de protagonista o de antagonista, el papel de amante o el papel de amado. No de una manera rígida. El amante también se siente correspondido y el amado también corresponde. Pero esencialmente cada uno ya sabe, al nacer, cuál es su papel. Tiene que aprenderlo con certidumbre, tiene que asegurarse. Por supuesto que ese amante y ese amado luchan por el protagonismo de la comedia. Pero cada uno sabe cuál es su papel en esa batalla incruenta, en esa hermosa batalla fingida tantas veces, del amor.

SE EMPEÑAN LOS que aman en actuar como si fuesen los amados. En que se les arranque, como a la fuerza, lo que están deseando otorgar. Es su doliente forma de mentirse. Desean colocarse en la posición del otro y empiezan entonces a perder realmente la partida. Existen seres dulces, tibios, a los que hay que mimar, ante los que hay que tomar la iniciativa. Bastante hacen ya con abandonarse al capricho de los otros: no se les debe exigir más que eso. Les llegará quizá el momento en que sean ellos los amantes y en que sufran lo que ahora hacen sufrir. Pero antes de ese momento no se les puede imponer lo que no sienten, de lo que apenas si caen en la cuenta. «Ah, sí», dicen y recuerdan vagamente que tienen una amante y se enorgullecen un poquito y responden, con cierto fuego o, mejor, sin desviar mucho la atención, a las caricias. Sin embargo, cuando éstas son demasiado numerosas, demasiado insatisfechas, vuelven con hartura la cabeza, con un gesto de niño contrariado en los labios y el entrecejo fruncido, y se defienden pensando en otra cosa. «Está bien. Déjame leer un poco.» Mientras al amante le sabe a sangre la boca y se desprecia a sí mismo, bien porque no sirve para hacerse corresponder, bien porque, a pesar de ello, no puede dejar de desearlo.

FUE UN DÍA en casa de Analía Gadé. Inventé el juego del amor, que consistía en que cada uno decía cómo veía a los

demás, si como amante o como amado. Hubo total unani-
midad. Yo era el amado. Me vine a casa llorando. Me parecía
un horror, me parecía que el juego era una mierda y que se
había equivocado todo el mundo. Luego empecé a darme
cuenta de que a lo mejor era verdad, que yo había sido el amado siempre; mal amado, insuficientemente amado, apresuradamente amado, pero el amado. Vi que habían intentado llenar mi piscina, mi gran capacidad de amor, con una tacita de
café y había urgido este trabajo de amor, y al hacerlo, había
adoptado una postura de amante. Y probablemente no lo he
sido... Me debía haber resignado a ser amado. Luego ya me
he resignado, sencillamente porque no he participado mucho
en el asunto. De todas maneras, no he tenido suerte en el amor
y tampoco he sabido hacerlo.

EL AMANTE TIENE mejor prensa que el amado. El amante siempre dice: «Caramba, apostar la vida entera, que pon-
go yo en el tapete verde, contra tres duros que pone el amado, siempre es perder. Porque ¿qué es ganar tres duros a
riesgo de perder la vida?» Sí, pero es que el amante gana
tres duros cada tres minutos. Llega un momento en que esa
buena prensa hay que cuestionarla, porque el que está pendiente del amante es el amado. El amado es irremisible.
Realmente, el amante se satisface con el amor conseguido
y, a veces, de pronto, vuelve la cara hacia otra cosa y el amado se queda sin la luz, porque recibe la luz a través del amante. Yo estoy ahora muy de parte del amado: se le ha hecho
injusticia. El amante, cuando se va, recoge toda la parafer-
nalia con que había adornado al amado: las velas rizadas,

las joyas, los mantos bordados, como una virgen sevillana, se lo lleva todo y se lo pone a otra imagen. Y se queda absolutamente desvalido el amado. Yo estoy con los perdedores y me parece que el amado puede ser el más perdedor en el amor.

EL AMANTE SE repone a sí mismo porque saca la fuerza de sí mismo. El amado, que la recibe de otro, la pierde si se va; pierde su identidad, se deteriora su fe en el mundo y en las promesas infinitas. El amado es irremisible; el reflejo de una luz: el amado depende. ¿Quién es el dios y quién el idólatra? ¿Quién el verdugo y quién la víctima?

COMO LA LUZ rodea a la llama, el amor rodea a los amantes.

EL AMADO ES como la luna, que recibe la luz del sol. El amado no tiene luz propia.

EL AMADO ES el pretexto del amor, su motivo; ya está en marcha el sentimiento, ya no es imprescindible; bastan sus huellas: el dolor, el recuerdo, el temblor del recuerdo.

LAS GRANDES AMANTES de la Historia amaron al principio a un hombre; después el hombre se convirtió en pretexto de su amor: lo superaron, lo envolvieron, acabaron por no necesitarlo. Su amor estaba por encima de decepciones, de flaquezas, de poquedades. Su amor era su fin.

PARA LOS AMANTES la primavera es sólo una bonita forma de decirse que se aman, de percibir un nuevo nudo en la garganta, una nueva vacilación, una nueva certeza. O sea, el tiempo de retoñar el amor y sus temblores; de confirmar que el Universo entero es su aliado, que el Universo entero es su enemigo...

PARA EL AMANTE, después de su amor, nada hay tan maravilloso como proclamar que ama.

EL POBRE AMANTE no delibera. No pasa largas tardes midiendo pros y contras. No elige esta o aquella nariz, esta o aquella buena cualidad, la mejor conveniencia, como no elige este sexo o aquél. El pobre amante ama y desea, que es bastante y lo único que se le permite. El pobre amante acepta o se subleva, pero no elige nunca. Por otra parte, hay una variedad muy grande de placeres. El verdadero para cada cual es aquel por el que, en cada ocasión particular, abandona los otros.

QUIZÁ EL VERDADERO amante deba permanecer en la sombra a perpetuidad...

NO ES DESTINO cómodo el de ser *gran amante*. Porque en el amor —y más en el químicamente puro— uno arde, tantea, vacila, irradia, se desangra, vuela, y está, en el fondo, solo. Maldita sea su estampa.

EL AMOROSO, HASTA cuando está solo, está lleno de amor. Igual que quien odiaba también odiaba a solas. En la naturaleza del hombre se hallaba el amor, aun sofocado por tantas cortapisas, como en la de la rosa se halla el aroma, lo huela alguien o no...

HAY VECES QUE el amado, alejado del área de fuego, vuelve voluntariamente a ella, no —como pudiera creerse— a causa de la costumbre, sino en busca de sí mismo. Es decir, de lo que él piensa de sí mismo. Al apartarse del amante, deja de ser el centro de la existencia que él le daba. No baja a los demás como Moisés del Sinaí, contagiado del fuego. Baja vulgarizado, como subió, con sus andares no garbosos, su espalda un poco abovedada, sus manos bastas: hecho un cualquiera. La alta idea que de sí mismo había ido forjándose sufre así un gran golpe e insensiblemente retorna a lo que le parece mejor, a la adoración de que antes era objeto. Porque el amado se ofrece con mucha dificultad a ser adorador, a creerse su propio ídolo ni, incluso, a esperar que el tiempo suscite nuevos adoradores.

EL SER QUE amamos es tan sólo una posibilidad: un espacio en blanco donde nosotros, al menor pretexto, vamos pintando como queremos su silueta interior y exterior. Cuando comenzamos a mirar, ya objetivamente, a aquel ser e inspeccionamos sus facciones auténticas y no las inventadas, es que empezamos a dejar de amarlo... Pero el amor no se repite nunca. Un amor no se asemeja a otro. Cada uno inaugura un mundo de fulgor y de júbilo. Si todos los amores fuesen una reiteración, la vida sería un desastre continuado, una previsible condena, una burla fatídica y grotesca... Eso es quizá lo que acaban por ser todos los amores.

¿Son irreales nuestras fantasías acerca de una acción maravillosa que nos permita obtener el amor de quien amamos? No, no del todo. Sin embargo, para dar un ejemplo de irrealidad, escogeríamos sin vacilar un sueño o una ilusión. Pero tal irrealidad no es quizá tan absoluta como suponemos. Si, mediante aquella acción maravillosa, movida por el deseo de obtener un amor, queda afectado nuestro comportamiento y modificado el curso de nuestra vida, ¿diríamos con sensatez que fue una causa irreal la que produjo esos efectos reales?

El mundo físico contiene una gran dosis de ilusión, y la ilusión también contiene aspectos físicos.

Todo amante, cada vez que se aproxima al cuerpo que ama y lo desnuda, proyecta acariciarlo lentamente, alargar su fruición, hacer interminable su ternura. Pero las cosas no suelen aceptar nuestras previsiones: de repente, el amante acelera su ritmo, copia el ritmo de su corazón y se apresura: oprime, exige, violenta, penetra, se entusiasma, es raptado, entra en el éxtasis, fuera ya de dulzuras y propósitos.

EL AMOR ES una danzarina que se va desnudando de velos. Si aparece desnuda tiene mucho menos encanto. Y hay cosas, por otra parte, que entre la pareja no deben verse. Hay situaciones, posturas, necesidades que deben quedar ocultas. Porque el amado debe ser la esencia de lo bello, la esencia de lo limpio, y lo mismo el amante. Ahora la gente se apresura a desnudarse: yo creo que los trajes tienen como resortes: hacen ¡pum!, y ya están desnudos.

EL SOBRECOGIMIENTO DEL alma de uno de los amantes, que le acontece en cualquier instante de una conversación y aun en mitad de los gestos del amor, cuando le lastima la punzante certeza de que el futuro será distinto para uno y para el otro, que no tendrá nada en común, ni siquiera los recuerdos de este instante, porque cada uno lo recordará de un modo diferente aunque ahora les parezca inconfundible, ese sobrecogimiento es lo único incuestionable en el amor. Porque es cierto que un futuro, más inmediato que el intuido, los distanciará: a los amantes, que ahora se hallan tan engarzados como si fuesen uno.

EN COMÚN NUNCA hay nada. Si no es que, en ocasiones, dos cuerpos se echan juntos encima de una cama. El ser que amamos se nos distrae siempre. Estamos diciéndole: «Cuando te siento al lado tengo la dulce impresión de que llevo mi vida de la mano», y él piensa que el martini está poco seco o cómo se mueve una mujer que pasa o, lo que es peor, que eso nos lo ha oído decir antes muchas veces. Estamos diciéndole de madrugada: «No debería amanecer», y sentimos aumentar el peso de su cabeza, que se ha dormido sobre nuestro hombro. El amado se aburre. Busca con qué entretenerse para que no se le note. Juega con el cordón de su zapato. Un zapato pesado, de suela gruesa, de estudiante. De estudiante que come bocadillos por la calle, que toma el autobús en marcha, que viaja en metro con los libros debajo del brazo. De estudiante que no ha sufrido, que no sabe nada de la vida. Porque son siempre los seres así los que inducen a vivir a los otros, los que se transforman en la razón de vida de otro ser, que sabe a lo que se expone. Nada te pueden dar. Su forma de dar es esa: pedir continuamente, mantener la tensión, hacerse esperar. Quien se ha empobrecido en un amor así sabe mucho de esto, pero nada de amor. De amor no sabe nadie, sino estas pequeñas criaturas medio salvajes, que entran en la habitación de los demás tirando las carteras, rompiendo los ceniceros de las mesillas de noche.

PARA LOS QUE, desde el exterior, contemplan el espectáculo de dos personas enamoradas, los gestos tienen un habitual significado. Sólo los amantes conocen el escaso valor de los ritos, aunque en defensa propia, por probar si así retienen más tiempo al amado, los mantengan. Nada odia tanto el amante como ver transformarse en costumbre lo que para él es una batalla distinta cada día, una lenta adquisición, palmo a palmo, del terreno amado. Pero se resigna, viendo que aquel a quien ama no derrama sangre, a ser para él un hábito inconsciente, a arraigarse hasta poder decir: «Ya está casi dormido. Ya no me echa.» Como un sol, ni querido ni buscado, que al cabo de salir todos los días se hiciese indiferente, y todas cuyas armas consistiesen en poder negarse a brotar, detrás de la loma, a escuchar al gallo Chanteclair. Esta venganza, pensando en la cual a menudo se complace al amante, pero que previamente sabe que no tomará nunca, es lo único que le sostiene y le alienta. Y es igual que si alguien, en un desvarío, refiriéndose al aire, le amenazara en su interior diciendo: «Cuando no necesite respirarte, cómo voy a reírme de ti y de tus soberbias.»

LA VERDAD DEL amante... Una vez pretenderá hacer creer que está muy seguro de ser amado; otra, que es incapaz de resistir la tensión violenta, o la torpeza, o la pequeñez de su pareja; otra, por el contrario, que no se ve suficientemente correspondido por la persona a causa de la cual lo dejó todo, o lo hace todo, o a quien mantiene; otra, tratará de contradecir lo que supone que supone su interlocutor, o darle un indicio de lo que estima que es la verdad, o estimular su curiosidad, o probarle la originalidad de sus relaciones; otra vez, por fin, confesará que se encuentra hasta el gorro de soportar un sentimiento que lo entumece, que no lo alegra ni lo multiplica ni lo ilumina, o que lo aburre con sus celos y reproches, o que exacerba sus propios celos con mentiras u oscuridades o lagunas en su quehacer diario, que se niega a explicar o explica mal.

EL AMADO ES también un poco amante, y el amante, por fortuna, también correspondido.

EL QUE AMA se ve arrastrado a reiterarse, a estar pendiente y algo fuera de sí, a encarecer su valía; pero el amado debe sostener una línea inflexible. Aunque no corresponda del todo, o en el mismo grado, al amor, no debe ensuciarlo ante ojos ajenos. Y sobre todo: un hombre amado, que no es ni piensa ser nunca amante, se parecerá mucho a una mujer si no se quita de en medio, si no esclarece su posición y si no se pone definitivamente en su sitio.

LA PAREJA DE dos personas que sean amantes no tiene futuro. Y la pareja de dos personas que sean amadas, bueno, será una costumbre, podrá durar mucho, hasta que llegue el amante, y con su capote, se lleve a una de las dos.

TODO ES CONTRADICTORIO, porque todo en el amor aspira a encarnar la ilusión en realidad, es decir, a satisfacer el deseo. Y justamente la realidad es lo que mata la ilusión; justamente su satisfacción es lo que mata los deseos. Y qué arduos de renovar son, día a día, los deseos y las ilusiones... Todo es contradictorio: el amante siempre exagera porque ha perdido la noción de la medida: o se queja de no ser bastante amado, de no ser correspondido en el mismo grado que él se ofrece, o se jacta de ser amado hasta el cansancio, la saciedad y el hastío. Y casi de seguro miente en los dos casos.

EL AMANTE SE queja porque han tomado té y se han fumado una cajetilla entera y ni siquiera le han rozado la mano. Como si estuviese pagando las caricias. Y se da asco a sí mismo. Y no sabe ya quién tiene la razón. Porque el amante lo que quiere es el beso y la ternura, a costa de lo que sea. Del dinero también. Pero vuelven y lo aceptan todo, como si les fuese debido, sin tomarse el trabajo de decir gracias. Y se van. Y el que los ama, cuando se van, el muy idiota, se queda pidiendo que vuelvan al día siguiente, aunque sólo sea para sentarse y echar humo por las narices y tabalear sobre una mesa y decir unas palabras que resulten crueles. Pero que vuelvan, para poder seguir viéndolos, para poder seguir engañándose más tiempo. Porque, ¿qué se puede hacer, cuando se van, con esas horas que ellos nos ocupaban? Con esas dos o tres breves horas, para las que estaba hecho todo el día y sin las que la vida resultaría vana e insoportable. ¿Quién es, por tanto, el que da más? Hay seres, como éste, que sólo ceden su presencia. Una presencia que es para otro todo lo del mundo. Pero ese otro busca, de pronto, algo más que eso. Quiere alargar las manos, tropezarlas con la carne, recostarse sobre ella. Y luego quiere todavía más: saber, introducirse, ocupar el pensamiento de ese ser que no piensa, y que él bien sabe que no piensa. Y cuando algo se le opone, cuando se le prohíbe continuar, se rebela el que ama y se queja y grita que nada se le daba a cambio sino sólo la presencia. Como si hubiera olvidado que la presencia lo fue todo y que, en definitiva, era lo que a su vida le faltaba. Igual que podría quejarse el hombre que ha pagado una fortuna por un brillante, que otro encontró paseando por pura casualidad. Porque los seres, como las mercancías, valen según el deseo que de ellos se tiene y según la necesidad y el ansia con que se les busca. Hay personas en que nadie se fijaría, aunque hiciese frente a ellas un larguísimo viaje y que sin embargo acaban de destrozar, precisamente al emprenderlo, el corazón de otra persona.

HAY ALGO QUE se ha sabido siempre: el mal de amor no se cura sino con la *presencia* y la *figura*. Para el amante, el mundo sin los ojos y el cuerpo y la boca y la risa del amado no alcanza su último ni su verdadero sentido.

EL AMOR NO cambia a nadie. Las personas van a seguir siendo las mismas, el tiempo que dure. El cambio tiene que darse de dentro afuera, y no de afuera adentro. Es decir, el amado no puede cambiar al amante. Es el amante, quien en función del amado, podrá cambiarse. Porque cada uno es el espejo del otro, y está viendo si hay verdadero amor a través de los ojos del otro. Y hay siempre el filo del cuchillo entre esos ojos; y ese filo no desaparecerá nunca. El amor siempre está al borde de un derrumbadero.

HAY TARDES EN que llega, alborotador, el ser que amamos. Y se precipita sobre nosotros. Y nos estrecha hasta casi estrangularnos. Y nosotros nos sentimos morir de alegría. Y preguntamos al sol por qué no se queda en vista de lo que ocurre. Y ponemos la radio muy alta para que no se oiga el latido de nuestro corazón. Sólo momentos después comprendemos que la causa de todo nada tiene que ver con nosotros. E, incluso, a veces, que nos perjudica. El amado es capaz de abrazar a quien le ama porque, al ir a su encuentro, ha tenido un vulgar éxito callejero o una señora en el metro le ha hecho una señal de entendimiento.

... Somos una cansada
historia de
pobres amantes engañados por
pobres amantes engañados.

¿CÓMO NO VA a mentir en defensa propia el amado? Miente al principio para cobijar un pequeño terreno de privacidad que lo resguarde. Miente después porque ha mentido: para solapar sus mentiras anteriores. Si el amante lo acosa y lo descubre, mentirá mucho más, ya será una mentira todo él... La única verdad que ha de quedar de pie será la de su desamor que va metamorfoseándose, como en una danza de disfraces, en aburrimiento, en miedo, en ahogo y en odio...

EL AMANTE O desmesura la acusación, o no la cree. Porque ha de defender a su amor frente a los otros y frente a sí mismo. Ha de defenderlo hasta de la propia posible ira y enemistad. Porque, en los interrogatorios, el amado se enreda más y más, y salen a relucir engaños mayores que aquel por el que el interrogatorio comenzara.

EL QUE AMA quiere, para seguir el necesario engaño, convencerse a sí mismo de que el desamor con que es correspondido es sólo una falta de respeto. Siendo él, pues, el que levanta a su nivel al otro, exige a veces que sea el otro quien se rebaje, aunque sea para que, reiteradamente, note que es él quien lo levanta. Con lo cual no consigue más que señalar a cada instante las diferencias que entre uno y otro hay y lo irremediable de las mismas.

El olvido no existe. La belleza
se añora sin cesar y se persigue:
memoria y profecía de sí misma.

Teníamos once años,
y la palabra abril significaba
igual para los dos...

Puede el amante
dejar de amar, pero, ay, amará siempre
el tiempo en el que amó:
cuando, al amanecer,
cabía el mundo entero
dentro de una mirada;
cuando rompió a cantar
lo que no se sentía con fuerza de decir.

EL AMANTE SUELE dejar de amar, pero no deja de amar nunca el momento en que amó: ese momento que no existe. Le urge encontrarlo entre cartas, atardeceres, gestos, ropa interior, palabras. Imposible. Y revuelve nervioso el equipaje. No; se extravió en alguna parte, por descuido quizá, o se lo robaron. El tiempo en el que amamos nos olvidó. Todo en nosotros es irrecuperable.

NO DEJA EL amor nunca satisfecho al amante. Mira él al pasado, cuando el tiempo le ha ido borrando el dolor y lo deja refugiarse más cómodamente en los gozos que le proporcionaba. Siempre cree tener menos que ayer, como un avaro que refuerza su vigilancia y no duerme ni vive sino para tocar su tesoro, de cuyo lado el corazón se inclina. Y va, en efecto, teniendo cada día menos, precisamente por el hecho de pensarlo así. Puesto que es el amante, a solas, el que lleva la estricta contabilidad del difícil negocio.

EL AMOR ES ese deseo de posesión en exclusiva. Es el don del mundo para el amante. El mundo se va a circunscribir ya a unos ojos, a una boca, a una frente, a unas manos, a un cuerpo y a un alma. Todo el mundo va a ser, de momento, del amante y el amante es natural que lo quiere para él, del todo y para siempre.

EL QUE AMA reduce la realidad del mundo entero en una sola persona: el resto es visto a su través. Tal persona es la intermediaria de la creación, la delegada de su realidad. Ese es el dulce daño del amor, su espada de Damocles, su dorada amenaza de catástrofe.

CIRCUNSCRIBE EL AMANTE su mundo a lo que ama, indiferente a la edad, a la torpe cuenta del tiempo y sus marchitas huellas...

EN UN TIEMPO como el nuestro, sufrir por amor es un signo de predilección. A los amantes a quienes les empaña los ojos su abandono —siempre que no se compadezcan a sí mismos— les doy de todo corazón la enhorabuena.

El que ama permanece,
pero el amado pasa.

HE HECHO LLORAR a quienes he amado con alguna frecuencia, no excesiva, ignoro si por mi dureza de corazón o por mi misericordia. El resultado fue el mismo siempre: aún con la cara húmeda, me pusieron en los labios el sabor de sus lágrimas.

SI SUFRE EL amante abandonado es porque añadió amor al simple sexo natural.

EL QUE NOS ama, a pesar de todo es aliado nuestro. Nos daña, es lo único que puede dañarnos, pero es nuestro aliado. Se refleja en nosotros como en un río obediente: el río en que naufragamos y arrastra nuestros restos.

¿Y QUIÉN NOS creerá de entre nuestros amigos cuando mencionemos la crueldad del amado ido, que fue tan jocoso y despilfarrador e impecable con todos? ¿O quién que no lo conozca creerá en su belleza, que sólo tiene verdadero ascendiente sobre nosotros, ya que para los demás el amado siempre fue un ser corriente, un tanto gris, porque con los otros él no perdió el tiempo conquistándolos, ni bajo ellos gritó de placer, ni rió a carcajadas, ni lloró de arrepentimiento, ni dejó de ser él mismo para tratar de ser nosotros? Y, desacreditados, ¿a quién convenceremos de que en cada amor nos va en serio la vida?

EN CADA ESCARAMUZA de amor, uno empleó todas sus fuerzas y todas sus armas y toda la resistencia que sacaba de su propia flaqueza, porque estuvo convencido de que sería la última. Las mentidas separaciones que inventan los amantes y que se cierran con una ardiente reconciliación no son tan mentidas, no, y tienen una finalidad: ser trasuntos o tentativas de la separación verdadera, de la mutilación verdadera, que ellos ignoran cuándo y cómo tocará a su puerta. Son fértiles ensayos para el atroz estreno de la soledad. Un estreno al que siempre precede el aburrimiento del amado, distraído, pendiente sólo de lo que queda fuera, echando en falta quizá a otra persona, otro lugar, otra forma de ser, una actividad distinta, otra alegría que en su vida existió antes acaso —y acaso en la nuestra también—, pero que se ha perdido y se sueña con recuperar.

QUÉ DIFÍCIL SABER cuándo podemos decir «nosotros» con certeza. Y la culpa es de los que aman. Son ellos los que provocan las situaciones que van royendo esa mera apariencia de amor que los amados, más torpes o más desinteresados, no habían desenmascarado todavía. Es el amante el que llama su atención sobre la circunstancia de que aquella pobre relación no es el amor. Porque el amante sabe que toda su felicidad depende cada vez de otra persona. Y comienza a sentir por ella, mezclado con la adoración que produce tal certidumbre, un extraño rencor. El rencor del preso por su carcelero, de quien sin embargo depende enteramente su libertad. Y sabe el amante que en las manos del otro está lo que más le importa, como un objeto precioso en las manos de un niño, al que no se debe decir la trascendencia atroz de lo que lleva, no sea que se asuste y lo deje caer. Y al mismo tiempo ve el amante que, no sabiendo el otro lo que él sabe, su ira queda injustificada. La ira que promueve la tirantez, la palabra de la que se arrepentirá, los celos que lo llenan todo, como una terrible enfermedad que hubiera entrado en una casa y sólo de la cual, en adelante, fuese posible hablar. La ira que acabará por destruir lo poco que ahora existe, transformado el amante en verdugo de sí mismo. Entonces es cuando éste se siente culpable por su terquedad, por su falta de comprensión, por los rechazos de la blandura que, alguna vez y por causas desconocidas, se despierta débilmente en el que ama. Y esa conciencia de culpabilidad y ese rencor, que son hijos del amor, acaban —el amante lo sabe, lo huele por el aire— por devorar al amor que los produjo. Y se queda solo el amante diciéndose: «Me ha abandonado», cuando es él quien ha expulsado al que amaba con recriminaciones, con excesos, con imprevistas furias que el otro nunca comprendía, que al otro le parecieron insoportables y fingidas. Porque el amante es como un insensato que quisiera llevar, colgado de su cuello continuamente, el mar dentro de un minúsculo guardapelo.

NADIE SINO EL que ama puede saber cómo no es igual llegar con un poco de retraso a una cita. Cómo se puede morir y resucitar demasiadas veces para no fatigarse. Y sin embargo, cómo el corazón no se fatiga y sigue, un día y otro, esperando que vengan a buscarlo, que lo llamen, que alguien entre diciendo «soy yo», como si supiera que «yo» no puede ser nadie más que él. Con esa seguridad del que es amado, y lo sabe, y no se preocupa por dejar de serlo. Porque para él el amor es una pequeña cosa que alguien tiene y te presta, y tú la usas, casi por cortesía, por no disgustar al dueño de ella. «Ayer no me fue posible venir», dicen, «¿qué hiciste tú?» Y saben que no se pudo hacer más que esperar que viniera o que llamara. Sentarse al lado del teléfono o de la puerta. Ver las guardillas de la casa de enfrente. Oír el bastidor de la piquera del palomar, movido por el aire, marcar uno por uno los minutos que nos han robado. «Estuve en casa toda la tarde. Tenía dolor de cabeza.» «Entonces hice bien no viniendo.» Y lo dicen sin desear herir, porque ni siquiera desean herir, porque al indiferente sólo él le importa y habla un idioma distinto del amante. Para él una tarde es un corto espacio de tiempo en que se estudia o se baila un poco o se charla tranquilamente con unos amigos, hasta que de repente se recuerda que se quedó en llamar a alguien —Esa vieja pesada— y que se ha pasado la hora y que ya no merece la pena llamar. O llegan cinco horas después de lo previsto, rascándose la nuca, sonriendo con una cierta picardía que saben que les favorece: «He perdido el autobús», y se sientan y añaden: «Tengo un hambre...» Y se les sirve lo que hay, en silencio, como si se estuviera irritadísimo, cuando el corazón se ha esponjado como un crisantemo al ver que se han tomado el trabajo de mentirnos, que todavía merecemos para ellos ese trabajo. Y se les interrumpe mientras comen: «Porque tenías hambre es por lo que has venido, naturalmente», para herirlos de alguna manera, ya que estamos nosotros tan heridos. Y ellos apartan bruscamente el plato, aprietan los dientes y durante diez minutos miran al vacío, hasta que de pie tenemos que suplicarles —¡nosotros!— que tomen algo, por favor, que no sean tontos, que todo ha sido una broma de mal gusto.

La soledad, cuando se prolonga, finge voces que llaman. Como el amante que espera el mensaje de un teléfono oye su timbre en lo más hondo de su corazón.

El que ama sólo tiene tristezas. Porque, olvidadizo de lo que le queda, se refiere siempre a lo perdido. Por eso cree que es el sufrimiento lo único que puede aumentar y lo desea así por venir de las manos que ama. Desea interminables sus heridas. Y procura, en consecuencia, extremarlas. Pensar que cada despedida será la última; cada discusión, la definitiva; cada infidelidad, permanente. Y noche tras noche se queda adormecido con un dolor nuevo por almohada. Como esos países, pequeños y revueltos, donde los habitantes, cuando pasan quince días sin tiros por las calles, se preguntan aterrorizados: «¿Qué estarán tramando que no se oyen ya tiros?» Y es, en definitiva, que el que ama le ha cogido los trucos a esta forma de vida y no quiere otra, que además estropearía exclamando de continuo: «Esta felicidad no es posible que dure.»

> Salta el amor, como una alondra súbita,
> de mirada en mirada. Qué alegría
> pone al tallo la flor, mientras se pierden
> los amantes en selva
> de delicias, cantando
> por la mañana de oro protegidos.
> No obstante, entre las dos
> cinturas permanece
> el filo de un cuchillo. Cada amante
> es su alondra, su selva y su mañana:
> en sí las goza, en sí las extravía.
>
> Amor no es más que estar
> amando, sin sentir el oleaje
> en que a la fiebre sigue la desgana.
> Pero el amante sabe, anochecido,

que lo suyo es el mar,
y sólo anhela ya tender los brazos,
asirse en el destrozo
a una palpitación que desafíe
a la muerte, salvarse de la muerte,
resistirla, burlarla.
Su tentativa alarga el regocijo
de la mañana, al parecer, y tiñe
su corazón de azul. Mas es inútil,
porque entre labio y labio se previene
el filo del cuchillo.

Edifica el amor
su vana arquitectura sobre arena,
cerca de aquella rada donde gime
constante la palabra «fin», y es todo
menos que aire, pues
está en el corazón y el corazón
es cosa de la muerte.
Cuando el amante se hace olvidadizo
y va a poner su vida en otros ojos
por librarla, diciéndose: «Imposible
que aquí la encuentre», ignora
que el filo de un cuchillo
puede muy bien cortar una mirada.

Qué baldío forcejeo
entristece al amor. De muerte somos
más cada día, apresuradamente,
y aventurarse en las sutiles cuencas

de su dominio es el recurso único
para vencer. Así
la introdujo Holofernes en su tienda
con requiebros de amor. En paz y a oscuras,
a salvo con la muerte
de este pavor, de esta espantada huida
a nuevas simas, de este cuerpo a cuerpo
del amor, en la linde de la nada,
en esa linde peligrosa, aguda,
cortante como el filo de un cuchillo.

ESA MANO QUE era capaz de sostener el universo, a la larga nos sirve para calcular contando con los dedos. Ya está el amante pensando en otra cosa. No es dueño el hombre de instalarse y ponerse a vivir en la divinidad: el eros es un nido demasiado difícil; no se respira con soltura en él. Con tal que el amante no se desplome y se rompa la crisma, debe dar las gracias. O quizá romperse la crisma es lo mejor que podría sucederle: morir en pleno éxtasis, en pleno rapto, en trance de más vida.

Y ACASO MORÍ yo, porque es probablemente el amante el primero que muere. Si algo de mí no ha muerto, es porque lo sostiene la memoria. Y porque no es posible que muera, ya que soy el único testigo de cuanto sucedió y, lo que una vez sucede, sucede para siempre. Sólo con ese fin se ha creado el corazón de los amantes: ser el testimonio verdadero de este mundo, que no es verdad sino cuando el amor lo toca. Porque en esta historia, como en todas, lo único que cuenta es lo que no se cuenta y no es dable contar: los altibajos del sentimiento, nuestra desvalida inseguridad, la soledad espeluznante de los acompañados, las multiplicaciones de la vida y las duras cosechas del amor. De eso es de lo que malvivo yo aún hoy día. Y de lo que viviré quizá después de muerto. Nunca entendí el amor de otra manera, si es que entendí el amor.

HAY DÍAS EN que el amante pide que el que ama muera para todos. Que se torne invisible, esto es, corriente, gris: un hombre de la calle. Que desaparezcan los hermosos rasgos que la enamoraron. Que nadie los perciba. Y, puesto en la última disyuntiva, que el amado, si es preciso, muera también para él. Porque nunca es tan nuestro un objeto como cuando voluntariamente lo destruimos y queda para nosotros, entero, su recuerdo.

NINGÚN DIOS OMNIPOTENTE sería capaz de permitir el horror de la caducidad, y menos aún el de la caducidad enamorada. Que muera un amado en el ápice del amor es tan insoportable para el amante como para una madre la pérdida de un hijo.

UNO ESTÁ DERROTADO —y cada vez lo ha estado sin advertirlo— cuando el ser al que ama o que lo ama se transforma para él en una sucesión de peripecias, casi todas agónicas, en las que ya no es capaz de hacer la luz. Cuando cada abrazo viene precedido o seguido de reprimendas y de desconfianzas; cuando la sonrisa o la mirada cómplices y festivas son sustituidas por recelos y agobios, por soberanas imposiciones, por problemas insolubles, por dudas vergonzosas, por mentiras recíprocas que transforman el escaso amor aún superviviente en una catástrofe incesante. Sólo la ruptura, es decir, sólo la muerte, puede salvar al paciente impaciente. Porque la presencia del amante, aunque aún traiga alguna remuneración, llega a no compensar las ansiedades de su ausencia. Ya que, aunque sólo se ama aquello que queda por conquistar y poseer del todo, el territorio del corazón del amado se transforma en inconquistable, como esos campos que el enemigo, aun vencido, abandona sólo después de haberlos quemado y arrasado: una victoria pírrica.

Amores de verdad he tenido pocos. Soy un buen razonador del amor, pero un pésimo amante. Discuto mucho, me aprovecho de mi facilidad dialéctica, soy exigente, altanero... Todo eso cansa mucho a la persona amada. Hasta que un día ya no puede más y arroja la toalla, dejándome solo y desasistido. En ese momento quisiera que viniese un camión y le volara los sesos por los aires, pero muy pronto cae un telón y, como en las rancheras, deseo que le vaya bonito. No vuelvo a mirarle.

Todos conocemos a amantes que le temen al matrimonio como a una vara verde, porque piensan —sin faltarles razón— que él acaba con todo.

LOS AMANTES QUE celebran el día de los enamorados intentan reducir el amor a una jofaina; tratan de hacer juegos malabares con la Osa Mayor. El amor no requiere días, ni límites, ni recordatorios; no requiere celebraciones ni conmemoraciones: está presente a todas horas del día y de la noche, hasta en el sueño, iluminando la vida igual que un faro.

¿QUÉ AMANTES SON esos que dejan escapar el entusiasmo y el rapto en que el amor consiste, y concluyen por comprarse dos botes de colonia, o un brillantito y un par de gemelos?

Cuando el amor cierra los ojos para
beber en unos labios
el agua que un momento se le presta,
se hace en torno la muerte y queda sólo
profundamente vivo
lo que es de suyo desvalido y torpe:
el tacto, que resbala
como un reptil sobre las superficies.
Entonces el amante
sacia su propia soledad y estrecha
al amado con el mortal abrazo
de la serpiente, cuyo anillo busca
extinguirlo, morir, desvanecerlo.

Vuélvese hacia el vacío
interior y descubre vacilante
un nuevo ser dentro de sí; percibe
su soledad doblada,
y, enajenado y alterado, en sí
cava un abismo, al borde
del otro abismo, al que se lanza viendo
su odio en el del otro ensimismado.

Qué rencor sobreviene
a ese extraño que somos
al sorprenderse dado y no cumplido:
muerde, araña, devora, absorbe, intenta
de su propia traición tomar venganza,
posee lo que jamás fue menos suyo,
y así se rinde y cree vencer, dejando
su soledad, el patrimonio único,
invadida a merced del enemigo.

Nadie hay más fuerte que el amado. Nadie
un combate decide tan impávido.
Argamedón sin ruegos, envolverse
ve el amante su espada en negaciones.
Y es la helada ceniza
del desencanto lo que descubrimos
cuando la pleamar
recoge de la playa sus diademas.
Cumple el ritual amante de esta forma
un equilibrio misterioso, y vuelve
la armonía, que al ciego impone quien

se sonríe y eternamente aguarda.
Desnudo y vulnerado, ante el hostil
secreto, en los canchales del engaño,
mira el violentado su destino
inútil ya como un pájaro muerto,
mientras sobre la tierra
queda maduro un fruto y preparado.

Amar

AMAR ES DESVIVIRSE.

NO HAY OFICIO más santo que el de amar.

AMAR NO ES afirmarse frente a otro, ni diluirse y desaparecer en otro: es ejercer sucesivamente todos los papeles con el convencimiento de que el *nosotros* subraya y multiplica el *yo* y el *tú*.

SÓLO EN LA libertad y en la alegría es factible amar y corresponder al amor.

AMAR NO SIGNIFICA entregarse atada de pies y manos. Porque la otra persona también tendrá sus pies y sus manos y su camino.

Lo IMPORTANTE NO es quiénes nos amen, sino a quiénes amamos. Eso es lo que nos define. Y sobre eso sí que no hay nada, nada, escrito: cada amor comienza y se abre de una forma distinta. Lo mismo que una flor.

LA SOLEDAD ES una viuda de ojos secos y duros, que interrumpe el trabajo del amor. Pero no te preocupes, no presientas. Cuando escuches el disparo de la salida —cuanto antes, ya veras—, echa a correr y ama. Poco a poco va siendo más difícil. Y una vez muerto es imposible. Ama...

CADA DÍA CON más frecuencia me pregunto: «¿Acaso he tenido tiempo de amar? Aparte de este amor universal, que me ha hecho añicos mi soledad primera, ¿me he concretado en alguien?, ¿se ha concretado alguien definitivamente en mí?, ¿sé lo que es esa águila bicéfala, esa razón de ser inconmovible del amor personal? ¿Es generosidad darse en silencio a todos, o consecuencia de no saber darse a uno solo, a una sola alma a gritos? ¿Reprocharé ahora por este vacío de mi corazón a mis muertos, que no supieron advertirme cuando aún las cosas eran de otro modo?»

¿Y TÚ ESTÁS seguro de que yo no me haya enamorado? ¿O es que opinas que sólo puede amarse a los hombres? No me refiero a otra mujer. Hablo de un trabajo, de una obra de creación, no sé...

HE ADQUIRIDO UNA convicción. Para acercarse a cualquier cosa, desde un país a una idea o a una persona, para acercarse de verdad, hay que recorrer cuatro niveles: primero, el de conocerla, aunque sea sólo saber de su existencia; segundo, hay que verla con los propios ojos; tercero, hay que estar en ella, envuelto en ella, apoyado en ella; y cuarto, hay que volverse ella, de la forma que sea... Hasta que no se llegue a esto no se ha llegado a la auténtica proximidad. El saber, el ver, el estar no llegan a donde llega el ser...

NADIE SERÁ CAPAZ de amar al género humano, ni a indios, ni a chinos, si no ama antes a quien tiene junto a sí. Y la manera más sutil de otorgar compañía es demandarla.

PARA COMPRENDER CUALQUIER cosa, incluso a una persona, es preciso amarla. Y para comprenderla mucho es preciso amarla mucho.

¿TE ACUERDAS DE la lanza de Aquiles? Hería, pero también curaba... Beber sin sed y sonreír y guisar su comida y amar en todo tiempo y crear: eso es lo que diferencia al hombre de los animales, de los demás animales...

ESTOY HACIENDO UN llamamiento para que trabaje la gente en lo que ama. Me parece que estamos atravesando una crisis de desamor. Ya ni el amor se hace con amor, y el trabajo en escasas ocasiones se hace con amor. El trabajo multiplicador del hombre, el trabajo que lo cumple, que lo realiza debe ser un trabajo enamorado.

Hay quien ama lo imposible y hay quien desea lo infinito; pero quizá lo peor sea amar de modo imposible lo posible, o desear de modo infinito lo finito.

EL QUE NO ama siempre tiene razón: es lo único que tiene.

EL QUE AMA, gana siempre.

A MÍ ME parece admirable lo del hombre. Es un animal que ama razonando. Los demás animales parece que se tiran al amor como a una piscina. El hombre puede preguntarse por qué ama, por qué ha dejado de amar. Y puede resignarse a no dejar de amar, porque puede todo menos eso.

EL HOMBRE, PARA dar valor a su vida, necesita ser amado por alguien o amar a alguien o a algo; saber hacerse cargo, es decir, cargar con sus responsabilidades, chicas o grandes; llevar a cabo tareas y trabajos que considere útiles y que le satisfagan o le compensen de algún modo; saber encararse con temas nuevos, con aspectos desconocidos de la vida...

Un espejo en la sombra
suele aguardar su repentino advenimiento,
Pero a veces se pierden

el aliento y el color de los ojos
y la costumbre de mover las manos,
y entonces no sabemos qué es aguardar siquiera.
Sucede cuando no estamos seguros
de ser el reflejado por los escaparates;
cuando giramos la cabeza
hacia quien no nos ha llamado y sonreímos.
Sólo aquello que amamos nos distingue
en medio de la noche.
Es amar y tender las manos
lo único que, por tanto, puede hacerse.
Suele ocurrir en mayo o junio,
cuando el sol va muy alto
y buscamos con ansiedad entre los árboles
sin saber con certeza qué,
y nos inquietamos diciendo «cuánto tarda»
sin habernos citado antes con nadie.

Sólo aquello que amamos
es capaz de decirnos quiénes somos.
Suele ocurrir en mayo o junio,
y hay quien se enamora de sólo una palabra
y quien se enamora de unos labios cerrados.
Pero es preciso andar sin preguntarse adónde
hasta sentir la voz que llama desde lejos,
y que repite un nombre que ignorábamos,
y ese nombre es el nuestro,
y es a nosotros a quien llama.

CUANDO SE AMA, todo adquiere su verdadero sentido. Anda, anda, anda: aunque te alejes, te acercarás a mí. Y no llames amor sólo a lo que atrae a los cuerpos, sino más a lo que atrae y funde a los espíritus. No confundas uno con otro.

HAY AMORES QUE poseen algo de prohibido, no porque contradigan moral alguna, sino porque son insólitos; porque conducen más allá de las convenciones y de los límites establecidos... Porque llevan sencillamente a la verdad... Basta desgarrar un velo muy sutil, tan sutil que casi no existía, para que reluzca la llama verdadera, la llama que el amante presintió...

Amar es ver lo bueno, lo verdadero y lo bello de cada ser. Y consiste en una minúscula semilla que se volverá árbol y fructificará... El amor es, entre vosotros, el don más grande. Pero para que nazca la semilla, hay que persistir y saber esperar. Quien coma de los frutos de ese árbol sabrá con certeza que allí caben todos los misterios y todas las soluciones... Y aun así, tampoco habrá aprendido a definir el amor. Porque a veces él mismo es el enigma; él, que lo explica todo, lo inexplicable... El velo del que hablamos se cierra y ciega a los amantes. Con esa especie de turbiedad que los años ponen dentro de los ojos. Hasta que se rasga de arriba abajo el velo, hasta que se extirpa la catarata. Y aparece el amado, el amado que el amante esperaba, en mitad de su gloria...

PARA ACTUAR Y para movernos, para amar, necesitamos un ojo atento que nos mire. Un ojo cuidadoso más alto que los nuestros. Un testigo.

NADIE ES MALO cuando se siente amado.

MIENTRAS SE ES amado —o sea, mientras no se está, o uno no se siente solo— no se envejece (amar quizá precisamente sea envejecer juntos), ni se es desagradable (porque la regla está en la mirada del amante, que transforma, así Midas, los defectos en oro).

DESPUÉS DE AMAR hay que sentarse y esperar que la libertad actúe. Provocar, con el amor, la responsabilidad y callarse luego. (A quien se ama se le debe advertir: «Qué mal te sienta eso que llevas puesto.» Pero, si insiste en ponérselo, es necesario ir en su compañía por la calle, aunque detenga la circulación.)

EL AMOR ENTONCES era un sentimiento indiscutible, seguro y claro. Lo mismo que una playa al mediodía. ¿Cómo íbamos a habernos enterado de que, para amar, uno ha de recorrer innumerables riesgos, entrecerrar los ojos, no usar gafas de cerca aunque las necesite, no entrar en demasiados pormenores? ¿Cómo íbamos a estar al corriente de que, para ser amado, uno tiene que consentir, fingiendo no enterarse o procurándolo, en dejarse engañar?

NI SIQUIERA ESTOY seguro —ni en cuanto a los animales, ni en cuanto a las personas— de que el trato remedie el desconocimiento. Uno va construyendo a su manera al ser que ama. Y ama, en el fondo, lo que ha construido, lo que ha deseado; descubre las cualidades que anhelaba descubrir; es la esperanza nuestra quien viste al ser amado, y nuestros ojos los que ponen el azogue del espejo que nos refleja.

A QUIEN SE ama hay que dárselo todo: hasta la muerte.

AMAR ES TAMBIÉN saber irse.

SE AMA LO que se amó; se amará de la misma manera que se adoraba entonces.

CUANDO SE ES joven se puede amar a distancia: existen cartas, viajes, improvisaciones, se ve la vida entera por delante y las expectativas trocean con sus metas el camino.

A MÍ LA única que me da pena es la gente que no sabe querer: la gente a la que le violenta decir palabras cariñosas y tiene que tragárselas. Después de amar, el mayor gozo es pregonar que se ama. La posesión es mayor goce que el amor. Los que ocultan esa posesión por temor a que les sea arrebatado el objeto de su amor, o de que sea abominado por los otros, obtienen un gran descuento en su felicidad.

LA GENTE TIENE miedo; se queda en los umbrales del amor. Elige seguir siendo ella: miserable, sola, sorda, pero ella misma. Emprender un viaje sin saber si se regresará un día y perderse en el viaje: eso es amar.

NO OLVIDES QUE cuanto nos ocurre es insignificante salvo para nosotros, pero nosotros podemos conseguir que signifique algo. El camino más directo para el fracaso es el miedo al fracaso. No lo olvides tampoco: la desconfianza en uno mismo o en el proyecto o en la persona que uno ama es lo que inicia la caída total.

EN LOS LIBROS la gente se ama de otra manera. Aunque terminen mal, terminan bien.

AMOR

Definición del amor

Ni la desfallecida crueldad del terciopelo,
ni el sándalo, ni el ópalo amarillo,
ni los rígidos pliegues de la lluvia
de julio, ni los pájaros exóticos,
ni el tierno corazón de cornalina
del niño griego, ni las primorosas
libélulas, ni la alta colgadura
de majestad que oprime los palacios,
ni el borroso país de los espejos
al acecho, ni el mar por donde rige
Fata Morgana su veloz navío,
ni el canto misterioso del azahar
que cada noche ofrece un goce nuevo,
ni la cúpula atroz de lapislázuli
bajo la cual agosto se embelesa
entre venenos, ni el espeso vino
que recargó los miembros de caricias
y hasta un cielo de púrpura enaltece

el bermejo alminar de los deseos,
ni la húmeda ribera, ni el ruido
de la primaveral fiesta en los prados,
ni el reflexivo aljibe, ni la rosa
de cada día, ni el gentil esmero
del petirrojo, ni la antigua luna
prendiendo lazos de moaré en los sauces,
ni el fecundo rumor de las abejas
incandescentes en su orfebrería,
ni un vespertino silbo de alcaceles,
ni maderas de olor recién cortadas...

DICEN QUE LA juventud es tu edad predilecta, y dicen
que la primavera es el tiempo en que sueles aparecer, Amor.
Yo no puedo creerlo. Tú, que marcas el rumbo de las conste-
laciones, y diriges hasta los más pequeños ritmos de la tierra;
tú, que conduces a los perros por los delicados caminos del
olfato, y engarzas a las mariposas con larguísimos hilos invisibles; tú, que embelleces a cualquier criatura para seducir a
otra, y organizas imprevistos y suntuosos cortejos nupciales,
no puedes restringirte a una sociedad ni a una hora. No es que
seas el aliado del día o de la noche, de la luz, de la lluvia, de
la carne y del alma de la carne: es que eres todo eso. La vida
tiende a ti; levanta su olaje atraído por ti, igual que las mareas por la luna, y tú cubicas sus caudales, aforas sus corrientes, mides sus resplandores, distribuyes sus verdes avenidas. Tú
eres la fuerza de la fuerza; por ti reinan los reyes, y besan los
cautivos sus cadenas. Tú eres la mano que sostiene al mundo,
y eres el mundo y sus ciegos sentidos. Tú dispones los granos

de incienso de la felicidad y las charcas salobres de la pena. Sólo queda fuera de tu jurisdicción el tiempo inmóvil y vacío de la melancolía. Por eso yo no creo que tengas edades y estaciones preferidas. Tú, que utilizas caminos sorprendentes: una mirada, un libro, un río, una canción, una manera de entrelazar los dedos... Tú, el águila bicéfala.

HAY MUCHAS DEFINICIONES del amor. Diré una, por ejemplo: es el deseo de unión total.

EL SER HUMANO usa el idioma que tiene: el mismo que habla del sexo y las caricias, de las asechanzas amorosas, de los contactos abrasadores, habla de la invasión de la divinidad y sus penumbras. La vida es una metáfora, cuando no una metonimia. Hablamos de lo que tenemos más a mano: lo demás es silencio.

TODOS ESTAMOS INVITADOS al amor absoluto, pero nos da miedo participar en esa carrera de obstáculos porque pensamos que no los saltaremos. Lo que ocurre es que el hombre tiene un repertorio de sentimientos muy corto y un vocabulario reducido y, por eso, llamamos amor a tantas cosas.

¿POR QUÉ LLAMAR amor siempre a lo que sobreviene, perturbador y deslumbrante? ¿No es amor la lumbre que encenderemos en seguida, el atardecer cada vez más cercano, las voces de los niños que se entrelazan con nuestro trabajo, y el trabajo en sí mismo y su esfuerzo y su éxtasis? Qué mal nos conformamos.

EL IDIOMA INGLÉS utiliza, para referirse al amor, tres expresiones: *to fall in love* (caer en el amor, casi como si el amor fuese una sima), *to be in love* (estar en amor) y *to love* (amar). Siendo expresiones de tres estados de ánimo distintos podría pensarse, sin embargo, que son consecutivos.

El amor a primera vista, el *coup de foudre* francés, nuestro flechazo, no es más que una centella, un deslumbramiento: de todos los seres susceptibles de ser amados —de todos los amables— sólo uno se destaca, sólo uno da un paso al frente y se pone delante de nosotros, acaparando ya nuestras miradas. Surge así una llamada de atención, una posibilidad: que podrá o no realizarse, que podrá o no hacernos «caer» a sus pies. Este instante de amor no es un sentimiento: es sólo un impulso y, en él, la voluntad no toma parte, sobrecogida por algo ajeno a ella: por ese «rayo» caído ante sus ojos. (Cuando despierta es para darse cuenta de que ese amor sólo llega para decir que no puede quedarse. Si entra la voluntad en ese juego, aparece ya el enamoramiento. Pero la voluntad puede jugar de dos maneras: entregándose amordazada y maniatada o entregándose consciente y firmemente.)

En el caso primero, la libertad interviene no más que para desterrarse. Brota el amor pasión (con la doble secuela del lenguaje: padecimiento e inacción). Aquí, el amante, entre su vehemencia, se enajena (en el sentido de enloquecer y de venderse al mismo tiempo: está loco y vendido, está fuera de sí), se altera (se hace otro) En definitiva, el amante no está. De tal manera anhela su función con el otro que, como primera providencia, desaparece él: ni puede decir «yo».

El segundo modo en que puede actuar la voluntad es decir «yo te amo». Decisión expresada con un rotundo «yo» reafirmado *(to love:* amar). Aquí el amor es ya un trabajo que al hacerlo nos completa a nosotros. Es, por tanto, el amor responsable. Ni ciego ni loco: casi una forma de conocimiento (Pascal: «El corazón tiene razones que la razón ignora.»).

Pero el amor —ya sea impulso, ya sentimiento, ya decisión consciente— tiende a salir de sí, a realizarse, a hacerse manifiesto. Su expresión a la corta apenas si varía: el ser humano tiene un repertorio muy breve de expresiones: miradas, palabras y caricias. (Salvo en el caso del amor platónico —tan fuera de uso ya— que está continuamente de perfil.) Y se acaba por «hacer el amor».

Engaño del idioma, porque, a la corta, el amor nunca queda hecho: no se termina, está «haciéndose» siempre. Lo que sí hacemos de vez en cuando, más o menos bien, son tan sólo los gestos del amor.

Confundir el amor con sus gestos es como confundir la religión con una sabatina. El amor está antes y después de sus gestos. No es el deseo, sino el sitio donde nace el deseo. No el placer, sino la causa del placer. De tomar a un ser humano como un simple objeto placentero a inventar los campos de concentración no hay mucha diferencia: cuestión de cantidad. Por la prisa de sabernos correspondidos, queremos «melón y tajada en mano». Pero eso es egoísmo —amor propio, no amor—, que descabala todo sirviéndonos el postre antes que el consomé (cosa que, aparte de aburrir al estómago, quita valor a los aperitivos, que es donde los comensales acostumbran a cambiar impresiones y tratarse).Y, además, es un error de fondo, porque el amor no «necesita» esencialmente ser correspondido, aunque es muy conveniente, ya que Dantes no hay muchos.

Un personaje de mi comedia, *Los buenos días perdidos,* dice: «Entre nosotros, hablar de amor no estaría bien. Nos entraría la risa. El amor es cosa de los otros: de la gente importante, que tiene tiempo libre. Nosotros bastante tenemos con ir viviendo juntos.» Este «bocadillo» de Cleofás está lleno de errores: 1º. El amor no se habla, no se dice: se hace. 2º. La risa es seguramente una de las vías de aproximación humana más rectas que conozco. 3º. La gente importante es la que menos se enamora (ya lo está de sí misma y es imposible llenar una botella llena) y es la que menos tiempo libre tiene. 4º. «Ir viviendo juntos» es una de las pocas pruebas de amor que existen en el mundo.

Pero Cleofás acierta en una cosa: para amar —como para todo oficio absorbente— se necesita tiempo. (Si se entiende el amor como un camino de perfección, naturalmente: si se entiende como un «aquí te cojo aquí te mato», con media hora basta. Aunque eso lo identifica —mucho me temo— con una caña de cerveza o medio whisky.)

AL PRINCIPIO ES el instinto, es decir: me gustas; después: te quiero, de una manera clara, y luego: yo te amo, que es la intervención rotunda del corazón.

EL HOMBRE ESTÁ previsto para vivir en sociedad y para aparearse. «No es bueno que esté solo», dice al principio el *Génesis*. Y luchará con todas sus fuerzas por no estarlo. La Naturaleza le suministra un instrumento que será más o menos rústico según sea utilizado de una forma más o menos personal y concreta: el amor. A nadie se le obliga a la heroicidad. Quedémonos con el amor de la pareja (en ella está muy claro: es un deseo de unión, el más inmediato antídoto contra la soledad, el águila bicéfala), y pongámonos en el mejor de los casos: una pareja que haya atravesado, a un tiempo y de la mano, todas las antecámaras: la del amor-impulso, vivido como una atracción física; la del amor-sentimiento, vivido como una atracción y una posterior adhesión de caracteres; la del amor-decisión, desarrollado como una convivencia.

No es fácil, por supuesto, llegar hasta tal fondo de la casa, a tal cuarto de estar. Porque, al principio, el amor es un suave pensamiento. Alguien pasa y decimos: «Qué hermoso el mundo con esta luz enfrente, con esta luz iluminando el cielo.» Es un primer peldaño balbuceante. Al amor todos estamos convocados, y capaces de ser amados somos todos. Es el sujeto-objeto lo que cambia. No hay amores fatídicos, o en muy escaso número.

El segundo peldaño es el enamoramiento: al gustar sigue el querer; al caer en amor, el *estar* en amor; al flechazo, la voluntad de abrirse en una herida jubilosa; a la ceguera, el iniciar a tientas el recíproco camino de la aproximación; a la pasión —con lo que tiene de inacción y de padecimiento—, una conciencia activa, una afirmación y, en definitiva, una elección.

En el tercer peldaño al querer sigue el amar en estricto sentido: el *yo te amo,* con esos dos pronombres personales por delante. Ahora se trata de un proyecto común: algo severo a la vez que gozoso; ingresar en la cámara nupcial. No en una cama episódica y aventurera, sino en un lugar donde el connubio lleva aparejado el convivio, donde el sentimiento se complica y se implica en la convivencia. Y donde hacer el amor no se confunde con hacer los gestos del amor, sino que consiste en una ardua labor: ayudar a otra persona —la más próxima— a cumplirse, y que tal ayuda nos ayude a cumplirnos. O sea, una labor —la de hacer el amor como arquitectos— que no se acaba nunca. Una batalla reanudada cada día, sin treguas ni victorias —sin derrotas también—, en la que el contrincante es a veces el otro y a veces uno mismo, y en la que los extraños disfraces de las almas nos harán encontrarnos frente a frente, de pronto, con un desconocido proteico e inasible.

Ya está en apariencia la pareja retirada, envuelta en sus brazos, absorta en sí. ¿Se ha resuelto ya todo? ¿Se ha ganado la gran guerra de la soledad y de la compañía? «Serán dos», continúa el *Génesis*, «en una misma carne». En una misma carne, en efecto, seguirán siendo dos. Empieza la tarea de quitarse a puñados la soledad de encima. La soledad injerta en el amor, que es la peor de todas. Porque, cuando la soledad se siente a solas, siempre nos queda la esperanza; pero, cuando se siente junto al preferido, sólo nos queda la desesperación. Y el amargor de boca que nos proporciona la certeza de que otra vez nada tendrá remedio. Por eso hay que luchar para que la sombría visitante no interponga su frío *ménage à trois*.

¿A QUÉ LLAMO yo amor? A todo, me parece. A que el mundo se concentre entero en unos ojos, en unas manos...

A no entender la vida en ese mundo sin el dueño o la dueña de esos ojos.

SIEMPRE HABÍA SUPUESTO que, cuando la erosión del tiempo destruye los vínculos cordiales del matrimonio, quedaban la misericordia recíproca y la ternura que todo lo comprende. Los dos cónyuges jugaron tantas veces su vida en común que se haría difícil saber dónde empezaba la de cada uno; la convivencia los había desleído y asemejado, había limado las aristas: uno era el otro ya, padre del otro, hijo del otro... En mi caso no fue así. De un tajo violento se quebró todo. Y ese tajo fue el que determinó la tercera fase de mi amor por Yamam.

Porque cada vez que he venido a Estambul lo he querido de una manera diferente. La primera, fue un amor inexperto, adolescente y voraz: mi despertar al cuerpo y al placer, con los ojos apretados, con una simple e ingenua cerrazón amorosa, sin saber ni su apellido, ni imaginar su alma, ignorándolo todo, ignorando hasta el porqué de esa pasión, sentida más que consentida.

La segunda vez lo amé como un eco de mi recuerdo de él, de mi rapto por él, de mi frenesí por la unidad que dentro de mí formábamos los dos. Yo había dejado de ser yo, y él, a mis ojos, él. La satisfacción egoísta de mi primera entrega se apaciguó un poco en una comunión de la carne más generosa y más segura. El segundo sentimiento era más armonioso, y mi conciencia abiertamente se anegaba en la suya, desaparecía mi voluntad en la suya sin defender su propia independencia.

En esta tercera etapa ya había un dominador y un dominado. Lo vi desde el primer instante. A través del mostrador de la aduana lo vi. Yo iba a someterme libremente al sacrificio, aunque no sabía hasta qué punto. Y tampoco sabía hasta qué punto iba a usar mis defensas. Todo es instintivo: para que el amor dure, hay que acatar el instinto de muerte y también el de asesinato. El amor necesita, de cuando en cuando, renovar sus víctimas. No siempre es vital la sumisión ni hasta la médula.

El temor —el de perder al amante, o el de ser agredido por él— es consustancial con el amor. El que domina por la dulzura sabe que ejerce un dominio fatal, y se confía y deja de temer. Yo he observado cómo en la balanza se invierte la posición de los platillos. El que domina por la fuerza percibe, en lo más hondo, que necesita al dominado porque le da placer, y de un modo inconsciente se esclaviza al esclavo. Pero el esclavo, del mismo modo, percibe que puede ser dañado en lo más suyo, en lo único que posee, y se previene por un instinto de supervivencia; un instinto que es amoroso también, porque sin supervivencia no hay amor... Y así el amor se corrompe porque el placer lo inunda, lo vence y hace que se abandone casi disuelto en él; y el esclavo aparente, cuyo destino es satisfacer al otro cuando el otro lo pida, refrena, aprende a refrenar su propio deseo de placer, con lo que adquiere sobre el amo una enorme ventaja.

EL AMOR, LO entendamos o no, no es un privilegiado monopolio de la raza humana. Todo, en nuestro azacaneado y fértil mundo, tiende hacia la unidad, hacia la confusión (la fusión con), hacia el consentimiento (el sentimiento con). El amor que une a una pareja racional es de la misma estirpe que aquel otro que «hace moverse al sol y a las demás estrellas». La *emoción amorosa* que nos altera (nos convierte en otros) y nos enajena (es decir, nos vende) es la misma que promueve el cortejo de los mamíferos o de las aves, de los insectos en la primavera, y el viaje desmesurado de los pólenes. Para quien mira bien, todo es uno y lo mismo. Sobre el estricto solar del sexo —que nos lleva a nosotros, no a la inversa— el hombre ha edificado una arquitectura complicada, sobrevenida, hialina y a duras penas comprensible: la arquitectura del amor. Del amor udrí de los islamitas, sí, pero también del amor cortés de nuestro Medievo, y del amor que intuyó el Renacimiento: el que no anhela aplacar una necesidad física sino materializar el ideal de un goce, que la cultura y el instinto han enriquecido de antemano.

En tal ascensión se alcanza la cumbre de la *emoción amorosa* coincidente con la *emoción estética,* acaso ésta exclusivamente humana. *Emoción estética* que se exhibe en dos fases: la contemplación del ser amado, atractivo ya en sí, pero hermoseado aún más por las pesadas brumas del deseo, y la expresión de esa contemplación a través de cualquier forma del arte, éste sí absolutamente humano. Es entonces cuando la tendencia a la unidad *(Oh, noche que juntaste/amado con amada,/amada en el amado transformada)* se traslada, de tejas para arriba, a una especie de emoción religiosa, consecuencia de la tendencia universal a la unidad y a la sobrenaturalidad, de la que un humilde reflejo es el humano sentimiento de amor. Y no al contrario.

EL AMOR ES todo vibración, palpitación. Lo que decía Espinosa, el relojero de La Haya —tan tierno, tan sabio—: es una titilación y Dios es también una titilación. Si hay algo que el hombre ha inventado, que verdaderamente estremece a los que no son del todo hombres, no por menos hombres o por no tener hombría, sino por pertenecer a una esfera especialmente alta, lo que más maravilla es el amor. Haber inventado, en el solar tan estrecho del sexo, haber construido esa arquitectura eterna y tan frágil, tan grande y tan minúscula al mismo tiempo, el amor. Eso es algo que ningún animal, ningún ser, ningún ángel, ningún enviado, ha inventado. Sólo el hombre. El hombre: que es el agresivo, el tajante, el destructor, el que separa (el rico del pobre; la mujer del hombre; el vivo del muerto), continuamente tajando, ese mismo hombre ha inventado el amor y la música. Eso es tan evidente, que no importa que estemos subiendo la cuesta hacia el monte Tabor de la Transfiguración, y estamos iluminados y estamos deseando que hagan tres tiendas: una para Moisés, otra para Elías y otra para nosotros. Da igual que bajar hasta el Getsemaní, donde se está solo, solo, sin que nadie, ni el Padre, se acuerde de nosotros. El amor es todo eso. Subir y bajar y se está siempre listo y, quien lo probó, lo sabe.

EL AMOR ES muchísimo más que un sentimiento: es la pura y única realidad en medio de un mal sueño. El resto sólo será real si el amor lo toca y lo usa y se limpia las manos —las delicadas manos— en su tosca textura de invento mal y nunca terminado.

TODAS LAS CRIATURAS, todos los seres, sean humanos o

no, tienen su propia alma si es que nos atrevemos a llamar así a su esencia, que es también su envoltura. Cuantos más concurren en cada empresa, más se facilita el avance colectivo, su tarea común. Quizá somos torpes o quizá nos negamos a ver que el alma del universo las recoge a todas y a todas las resume: de ella proceden y a ella regresarán. Entretanto conversan entre sí, se adivinan, amortiguan sus contradicciones, se suman y convergen. No en otra cosa consisten la adivinación, la simpatía, la seducción y la felicidad...Y también el amor.

EL AMOR PROPIO es consecuencia —y suscita, a la vez— de una fructífera soledad (para quien lo siente, en primer término; pero también para su entorno, porque el amor, cualquiera que sea su objeto, es irradiante: como la gracia divina según la Iglesia, es *diffusivum sui*). No me refiero a un narcisismo inocuo, ni a un falso embellecimiento —moral o físico— que nos mueva a admirarnos. El amor propio al que siento la tentación de aproximarme no es tampoco un capricho, ni una aventura estéril, más prolongada o menos. Es algo más profundo: un sentimiento que exige —nos exige— lo que exige el amor, y nos entrega a cambio cuanto el amor entrega; un largo matrimonio inexcusable en que se viene a compartir, más que en otro ninguno, salud y enfermedad, pobreza y abundancia. El amor como realización personal, como personal cumplimiento. Cada uno es así el punto del remanso que emana ondas crecientes, el centro del eje de la rueda, el ojo inmóvil del huracán. Quien se ama a sí mismo de tal modo no es porque se prefiera —no hay elección aquí, hay totalidad—, sino porque sabe que él es el único camino para llegar a los otros. Y obra de acuerdo con la Naturaleza y con su destino intransferible: porque el amor propio ningún decálogo lo ordena —como no ordena respirar—; ningún Estado lo instituye, ni lo obliga a cumplir, puesto que es previo a todos. El amor propio no es más que un aspecto perfeccionado del instinto de conservación. Y el instinto de conservación es el primer mandato de la vida.

¿ME HABRÉ HECHO amigo mío, yo, que a los diecisiete años titulé un libro *Enemigo íntimo?* Los amores, de uno en uno —todos—, se extinguen con el tiempo. Sólo el amor propio, no. ¿Será porque es un poco la cosecha de todos? El amor se rige por dos leyes: la de amar a los otros, y la de eliminar en nosotros lo que impida que los otros nos amen. Es posible que, a fuerza de ejercitarme en la segunda, me haya convertido en amable —digno de ser amado— para mí. (No deja de ser una compensación por la falta de amor de los demás.) Se nos había advertido que, durante la juventud, creemos amar; pero sólo al envejecer en compañía de alguien conocemos la fuerza del amor. Y yo, que envejezco conmigo mismo por toda compañía, no extraña que me haya hecho tolerante. Al fin y al cabo, fue el amor propio el salvavidas que me mantuvo a flote en los naufragios. Puesto que las heridas de amor fueron las más hondas —tanto que en sus cicatrices no brotará más hierba—, ¿por qué no ha de haber algún tipo de amor convaleciente que me ayude? ¿No escribí hace veintiocho años, que se dice muy pronto: «Ya voy conmigo estando y transcurriendo/sin nieve tuya y sin hoguera mía?» No estoy, a estas alturas, tan seguro de que el amor propio

sea el mayor adversario del amor; ni de que éste, en cualquier caso, sea la necesidad de salir de sí mismo; ni de que el
amor propio consista en una inmoderada autoestima (salvo
que el concepto del amor implique —siempre, no tan sólo
en el propio— una inmoderación).

El arcipreste de Hita, que entendió bien y pronto de estas
cosas —y es el primero en jugar y reír y rezumar con nuestro
idioma—, dijo que «el amor faz sotil al ome que es rudo,/fáze-
le fablar fermoso al que antes es mudo,/al ome que es covarde
fázele atrevudo,/al perezoso faze ser presto a agudo». ¿Y sólo
el amor por otro obrará esas milagrerías, no nuestro estimulante amor en soledad? Qué injusta consecuencia. ¿Por qué, entonces, calificar de amor a la estimación propia, inmoderada o no?
¿Y quién será capaz de establecer: hasta aquí el amor propio es
lícito, desde aquí, no; hasta aquí es conveniente, desde aquí,
pernicioso? ¿No se afirma que la caridad —hasta la caridad—
bien entendida debe empezar por uno mismo? El segundo precepto cristiano es amar a los demás como a nosotros; si desaparece este segundo amor, se queda el otro sin modelo. Si
uno no se ama, ¿cómo va a amar a nadie? ¿No será un reflejo
del propio amor lo que buscamos en el otro? Y la correspondencia, tan requerida, ¿será algo más que nuestra afirmación
en el corazón ajeno, una forma de hermosearnos en la ajena
hermosura? Se opina que, si no queremos a nuestro vecino, al
que vemos, ¿cómo querremos, por ejemplo, a los japoneses?
Cierto; pero ¿cómo vamos a querer al vecino si no nos queremos a nosotros mismos? La hipocresía judeocristiana ha obra-
do maravillas en el ámbito moral de las contradicciones.

EL COCHINO EGOÍSTA no es que se ame a sí mismo, es que tacha al resto, salvo para ponerlo a su disposición. Y ese es otro problema. Si alguien defiende, en su beneficio, las desigualdades flagrantes; si alguien confunde el cinismo con la inteligencia y el acierto vital, no está tratando de amor, ni propio ni ajeno: sencillamente actúa en el vasto campo del antiamor, más que del desamor. Y hay que tener cuidado para andar por tal campo. También por el del amor, que, nacido para dar vida, llega a quitarla a veces. Porque en los orígenes de la melancolía se halla él: está la pérdida del objeto amado, la confusión de odio-amor, y por fin, la regresión centrípeta de cualquier energía en contra del amante. El melancólico padece una pérdida de su propio respeto, o sea, una pérdida del amor propio, que provoca la agresividad contra sí mismo como causante de su particular desdicha...

NO HAY QUE ser orgulloso en el amor. Estamos pie a tierra. Yo no estoy hablando del amor romántico de palidez y ojo en blanco. Hablo de un amor verdadero, de un amor de carne y sangre. Yo no hablo de ángeles y de cisnes andando por la calle (que además andan fatal, porque el cisne es cosa del agua y el ángel es cosa del aire, y entonces se pisotean las alas y se trabucan y se caen). Hablo de un amor que tiene los pies en la tierra y la cabeza probablemente dándole con la frente a las estrellas. Pero es un amor de verdad del que yo hablo. Y ese amor es, por naturaleza, bastante fiel. No quiero decir que el hombre sea monógamo, pero tampoco que sea promiscuo; por lo menos, en esta era de la cultura en que estamos viviendo. El hombre digamos que es monógamo sucesivo y no es antinatural la monogamia. He conocido loritos verdes en el lago de Canaima, en Venezuela, que se suicidan cuando se les arrebata la pareja. Y las tórtolas...

EN EL AMOR no hay que tener vanidad. El amor utiliza el cuello para dos cosas: para besarlo, o para pisarlo. Pero no se puede tener soberbia; no se puede decir, yo soy más importante, yo estoy por encima, yo soy el mejor, que venga el otro... No, eso es ridículo en el amor.

SOY PERDONANTE, SOY generoso... En el amor hay que serlo todo. En el amor no hay que dudar entre abrir casa o ponerte a servir. En el amor no hay que tener anillos que se nos puedan caer.

¿ES QUE HAY muchos? [tipos de amor]. En definitiva, todos son uno solo. Todos son la vida frente a la muerte, frente al dolor inútil, frente a la vejez desengañada, frente a la decadencia irremisible, frente al mundo mal hecho tal vez, o que a nosotros nos parece así... Todos son una interrogación a Dios, si de verdad existe como lo imaginamos, una querella contra lo desconocido, la búsqueda de una realidad menos efímera y más fuerte. Todos los amores son el mismo: la necesidad de sentir, junto a otro, en el transcurso de todos los días que dure nuestra vida, la serenidad y la desgracia, la felicidad aparente y huidiza y también el temor a perderla, la decepción y la esperanza a pesar de las decepciones, la plenitud y el vacío de todas las cosas. En definitiva, buscar la compañía y la complicidad en este crimen de estar vivos y de estarnos muriendo...

AMOR, CON REDONDEZ y cumplimiento de cada uno. Amor, que es la última palabra de una sociedad que ha olvidado cuantas atañían a las más hondas entretelas de nuestro corazón.

EL AMOR NI se mide por palabras, ni por años, ni por felicidad, que es otra cosa, ni siquiera por vidas. El amor no se mide.

EL AMOR NO es una virtud. El amor se halla por encima de todas las virtudes.

EL AMOR ES un trabajo que hay que iniciar cada mañana bien temprano. Si no, se va perdiendo agilidad.

PARA MÍ, Y para el viejo padre Shakespeare, es un trabajo; *trabajos de amor perdidos.* Es un trabajo que consiste en ayudar a que una persona se cumpla y se realice, y que al mismo tiempo nos ayuda a nosotros a cumplirnos y realizarnos.

EL AMOR. DOS seres se encuentran, se miran y ya está. Da

igual que se trate de saltamontes, de tortugas o de albañiles: es el amor en la naturaleza.

CUANDO EL INSTINTO, nunca muerto del todo, reviste con su rubor un rostro humano, puede llamarse ya con el nombre de amor.

EL AMOR ES sexo y otras cosas. No llamamos amor, no sé por qué, a lo que hacen los perros; pero llamamos amor a casi todo lo que hacemos nosotros, tampoco sé por qué. O acaso sí: porque se ha mezclado el amor —como una salsa, como un embellecedor, como un digestivo— a tantos y tan aburridos conceptos, que sobrecoge. La causa es evidente: el amor es algo elástico, laberíntico, polifacético; lo mismo sirve para un roto que para un descosido. ¿Se produce una ceguera transitoria, que lo lleva a uno conducido, alterado, vendido? Es amor. ¿Brota una situación ágil, desenfadada, cariñosa, juguetona? Es amor. ¿Siente uno apremios de tocar, de morder, de penetrar? Es amor. ¿Conviven dos personas porque se entienden o porque mutuamente se protegen? Es amor. ¿Hay una compraventa de juventud y belleza a costa de instalación y de seguridad? Es amor. Todo, todo es amor. Yo no lo niego. No soy tan estricto como don Quijote, que se cualificaba ante los duques de enamorado *no vicioso,* sino *platónico continente.* Entre otras razones, porque estoy convencido de que, debajo de la manta, por las noches, Platón le pellizcaba las nalgas a Carmides.

¿Qué es amor, por tanto? Una atracción —no siempre

sexual—, que se suscita por selección —no siempre por elección— entre una pareja —no siempre de distinto sexo— y que concluye —o comienza— en el sexo.

EL AMOR ES una excitación sexual que posee un substrato bioquímico activado en el cerebro. Lo que me había repetido en cada episodio amoroso de mi vida, y que me había hecho sonreír: que las investigaciones han identificado sustancias específicas como la feniletilamina y la dopamina, estimulantes de algunos neurotransmisores cerebrales a los que les corresponde el papel más decisivo —más que la piel, más que el relumbre de los ojos, más que la morbidez de los labios— en los estados de pasión y de enamoramiento.

EL AMOR NO depende del sexo, ni al contrario, sino del cuerpo entero y de la inteligencia que enciende y mantiene el cuerpo. Está por encima de la moral social, por encima de los asustadizos y de los pusilánimes... Hay tantas clases de amor como de seres que lo sienten. Es un texto que ha de escribirse con la propia mano y con la propia letra en un papel sin pautas... Es antisocial y antigregario, por mucho que se piense que sólo busca la procreación. Lo que busca es la expansión y la totalidad. El sexo es una vía de las suyas nada más; tiene otras. Pero ninguna de ellas puede ser regulada. No puede reglamentarse ni imponerse el color de los ojos, o el tamaño de los pies como se hizo antiguamente en China...

EL AMOR MÁS indiscutible es el que no respeta las normas discutibles: ni de posición, ni de familia, ni de raza, ni de religiones, ni de edad, ni de sexo.

TODO AMOR ES verdadero, supongo, cuando brota del verdadero fondo del corazón. Entonces echa por tierra todas las murallas, todos los prejuicios, todas esas defensas, y transforma una vida oscura en una ciudad abierta y libre y llena de sol día y noche.

EL AMOR ESTÁ por encima de todas las contradicciones. Por encima de todas las maneras convencionales de manifestarse. Cualquier forma de amor ha de ser respetada, porque cualquiera es normal, sea frecuente o infrecuente... Que ningún enamorado se sienta perverso o culpable. Todo amor es amor, compartido o no, siempre que respete la libertad ajena.

POR LA NOCHE también hay sol, aunque no lo veamos. Así sucede, creo, con el amor.

EL AMOR ES una serie de expectativas renovadas, de muertes diarias, de resurrecciones.

EL AMOR O es una forma de inocencia y una capacidad de maravillarse, o no es nada. Hay que estar a favor del misterio. Y de la embriaguez.

ES COMO UN mundo nuevo, del que nada se sabe. En el que estás desnudo, sin posible defensa, con la única esperanza de que quien está contigo a solas no te ataque...Y tú le has dado el arma, la única arma con que puede atacarte... Debe ser la forma más directa, entre el temor y la alegría.

EL AMOR NADA tiene que ver con un aspecto, con una tez, con un cuerpo, una voz o una risa. Es todo esto también, pero es, sobre todo eso, un milagro nuevo cada vez: no es el de sobrevivir, el de vivir. Todo es reproducible, menos ese milagro, menos ese soplo que hace vivir a las estatuas. De ahí que los enamorados amen siempre el tiempo en el que amaron: como los muertos, guardarán recuerdo de la vida en que vivieron; añorarán, frente a cualquier casa albera y blanca, la certeza de una realidad nunca más repetida. O, al menos, no la misma. Porque la vida —cada vida— y el amor —cada amor— son siempre únicos.

EL AMOR ES aquello que sostiene la balumba ruidosa a que llamamos vida: una balumba que es real solamente cuando el amor la roza: el rey Midas no del oro, sino de la existencia.

MI CORAZÓN SIENTE un pavor inefable, porque hay una secreta canción en la mañana repitiendo el mensaje que, desde la adolescencia, me viene repitiendo: «La vida y el amor transcurren juntos,/o son quizá una sola/enfermedad mortal.» Una enfermedad mortal de la que no se acaba de morir.

Hay tardes en que todo
huele a enebro quemado
y a tierra prometida.
Tardes en que está cerca el mar y se oye
la voz que dice: «Ven.»
Pero algo nos retiene todavía
junto a los otros: el amor, el verbo
transitivo, con su pequeña garra
de lobezno o su esperanza apenas.
No ha llegado el momento. La partida
no puede improvisarse, porque sólo
al final de una savia prolongada,
una pausada sangre,
brota la espiga, desde
la simiente enterrada.

En esas largas
tardes en que se toca casi el mar
y su música, un poco
más y nos bastaría
cerrar los ojos para morir. Viene
de abajo la llamada, del lugar
donde se desmorona la apariencia
del fruto y sólo queda su dulzor.
Pero hemos de aguardar
un tiempo aún: más labios, más caricias,

el amor otra vez, la misma, porque
la vida y el amor transcurren juntos
o son quizá una sola
enfermedad mortal.

Hay tardes de domingo en que se sabe
que algo está consumándose entre el cálido
alborozo del mundo,
y en las que recostar sobre la hierba
la cabeza no es más que un tibio ensayo
de la muerte. Y está
bien todo entonces, y se ordena todo,
y una firme alegría nos inunda
de abril seguro. Vuelven
las estrellas el rostro hacia nosotros
para la despedida.
Dispone un hueco exacto
la tierra. Se percibe
el pulso azul del mar. «Esto era aquello.»
Con esmero el olvido ha principiado
su menuda tarea...

Y de repente
busca una boca nuestra boca, y unas
manos oprimen nuestras manos, y hay
una amorosa voz
que nos dice: «Despierta,
Estoy yo aquí. Levántate.» Y vivimos.

Es BUENO SER testigo de una exaltación. Dar y recibir gozo es un alarde deslumbrante de la vida. El amor es envidiable siempre, sea cual sea la forma en que se encarne. El que lo disfruta no lo sabe. Incluso, a veces, es para él una cruz.

LA VIDA, DE por sí, no tiene ningún significado. Sólo vivirla. Sólo el significado que le demos. Como las letras de un abecedario. Y con el amor pasa lo mismo.

LO QUE GOBIERNA la vida es el amor, el deseo de la felicidad. Y la gobierna con más acierto que los dogmas, en cuyo nombre tanto se ha matado y se matará más.

LO CONTRARIO DEL amor no es la muerte, sino la guerra. Lo que la guerra significa de ignorancia y desprecio por los otros y el amor de los otros; lo que la guerra significa de egoísmo y soberbia de los que se creen superiores.

OJALÁ TODAS LAS guerras fuesen de amor. Mi paisano Góngora decía: «A batallas de amor, campos de pluma.» Se refería a la cama, el muy sinvergüenza. El amor es una guerra en la que todos salen ganando algo de botín. Hay víctimas, hay vencidos, hay vencedores, pero todos ganan.

EL AMOR ES lo único que ilumina de veras la tiniebla.

EL AMOR NO es un tirachinas de goma que, si se estira, se dispara; es una forma de luz, en cuya sustancia está la irradiación.

HAY UNA EDAD en que gusta el amor de los ojos en blanco y otra en que gusta más el amor a oscuras...

OÍMOS DECIR A los enamorados *vida mía,* y no les damos más crédito que cuando dicen *me moriría sin ti.* El amor es una mansión grande; en ella hay numerosas habitaciones; acaso en cada una se sienta de forma diferente.

EL AMOR NO es distinto de nosotros mismos; es una emanación nuestra, una urgente necesidad de descansar en algo o alguien. Vamos por una larga carretera, y nos detenemos a pernoctar en un motel. En ocasiones pasaremos en él sólo una noche; en otras, continuaremos el camino acompañados. Pero la duración de la compañía no le transforma la esencia al sentimiento. «Quizá hubiera descansado mejor solo», se dirá alguno. «Quizá me equivoqué al elegir este motel», se dirá otro. Y, sin embargo, ya el descanso y la equivocación y el acompañamiento iban dentro de ellos. ¿Es cuestión de elegir, o sea, es cuestión de arriesgarse? No sé si se elige el amor; pero, en definitiva, lo que importa es el camino; cómo se haga es un asunto personal.

Sı EL AMOR no es una ventana abierta por donde entren la luz y la alegría, no es nada. Si el amor no nos sirve para vivir, no es nada. Si en lugar de endulzarnos las penas que ya nos da la vida, nos las amarga, no es nada: peor que nada. Si por amor, nos dedicamos a destrozar a una persona, a devorarla, no estamos en situación de exigirle que siga a nuestro lado…

Cuando estás respirando,
el aire que respiras es amor.
Cuando sueñas de noche,
el sueño en que navegas es amor.
Cuando por fin despiertes,
el beso que recibas será amor.

PARA MÍ SIEMPRE el ángel ha sido el amor.

EN LA PARTE de atrás de Notre-Dame, hay la escultura de un diablo que rodea a un ángel con sus brazos, y el ángel se deja abrazar y corresponde. Tras ellos, más alto, los vigila un guerrero. Es su mirada lo que reúne a los dos. *Eso es cuanto el amor significa…*

El amor es un niño
que, cuando nace,

con poquito que come
se satisface.
Si viene a más,
no hay tahonas bastantes
a darle pan.

EN EL AMOR, todos tenemos una cierta tendencia a la calderilla. Tenemos amores como ediciones de bolsillo, fácilmente manejables, acomodaticios.

EL AMOR REQUIERE libertad y obstáculos: como una transgresión. Es antigregario e incluso antisocial. O sea, no es muy útil. Está montado en el aire, como los mejores brillantes, y expuesto a toda clase de inseguridades, de cambios y corrientes.

CREO QUE LA sociedad es la responsable de la dicotomía entre amor y libertad, de que el amor no se manifieste con entera libertad y de que la libertad no sea amorosa. La culpable es la sociedad que nos enseña que libertad es una palabra agresiva. El amor no es, por el contrario, libre en la sociedad, siempre está coartado, condicionado, dirigido hacia una serie de higienes y conveniencias sociales. A la sociedad le conviene que exista un tipo de amor respetable, sano, que se haga cargo de las crías. Como en otras religiones existe la prohibición del alcohol o del cerdo ante el peligro de la triquina, aquí existe ese peligro del amor libre, del libre amor.

EL AMOR, ENTRE otras cosas, es profeta, jamás ciego, y menos cuando aparece imbuido de espiritualidad.

EL AMOR ES la única filosofía de esta tierra y de este cielo. Lo único codiciable...

Un bicéfalo cóndor
surca de pronto el aire:
se cierne y se descuelga, infinito,
sobre sí mismo. Cabe
todo el cielo en sus alas.
Su transparente condominio
lo mece y le abre paso.
Refulgen al sol el doble pico,
la cuádruple mirada.
Un solo corazón
lo eleva y lo alimenta.
Todo está en él. Él manda.
Él aclara el enigma de la esfinge,
desenreda la confusa madeja
del destino, constela con sus soles la noche,
desafía la enhiesta cordillera.
El amor es ese cóndor bicéfalo.
Y nuestro corazón, su corazón.

Mira el haz de la Tierra
y dice: «Todo es mío»;
el aljibe y: «Mañana con la escarcha,
o esta noche, podré beber.» Observa
las colinas y en su liviana curva
se complace. Al esclavo hiere y brota
obediente la sangre.
«Todo es mío», repite. «Sueño mío.
Soy yo de otra manera.»

César de un día, echa el amante suertes
y se pierde a sí mismo, atravesando
el río que separa los pronombres.
«Seremos uno», y sigue
el agua la llamada
del mar, en tanto el cauce permanece
entre las dos riberas.

Tiene el amor una moneda, cuyo
reverso no permite efigie alguna,
y entre la sed de los amantes, huye
lo irrepetible. (César
y nada.) La paloma blanca suele
anidar en la copa de los cedros
más altos. («Todo es mío.») El agua nunca
viene: va siempre, va, desaparece
por detrás del color y de la forma,
reflejando al amante absorto, mudo,
de pie ya al otro lado del espejo.
A solas con su herida

(«hiero y brota la sangre...») ve evadirse
lo rojo y lo tenaz
de la culpa. Callar: eso es la muerte.

Antes éramos uno y todo quiere
la unidad. Esta carne,
esta desamparada resistencia,
se someterá cuando
caiga el octavo velo, su baluarte
y frontera. También muda de piel
a espaldas de diciembre,
en su letargo, la serpiente. Ansía
volver el César, y anda
sin pausa en busca siempre
de los idus de marzo.
(El agua va, la sangre viene...) El héroe
es el gusano. El día
de desposarse con la primavera
que irrumpirá en el bosque
es antes de su adviento.
A la mitad de marzo hay un cobijo,
en el corazón último,
donde perdura en flor el no nacido
abril, y la oropéndola
es sólo el trino. Donde
«¿quién fui?»: pregunta el César. Y sonríe.

EL AMOR ES siempre un deseo; pero el deseo, si no es un deseo amoroso, es un simple deseo: como el de beber agua.

El amor es el deseo de unirse a otra persona y de unirse probablemente para siempre. El amor es la fusión y, por tanto, la fusión no puede ir si no es precedida del deseo de fusión, de esa *confusión* de *fundirse* con la otra persona, de hacerse una con la otra persona. «Seréis dos en la misma carne», dice el *Génesis*. Siguen siendo dos, pero ya son uno. No sólo es el yo y el tú, sino el nosotros.

PARA DECIR YO *te amo* hay que poder decir primero *yo*. Justamente: *Yo,* ay, la palabra que nuestra sociedad no deja —o cada día menos— pronunciar.

LAS PALABRAS TIENEN que estar cargadas por quienes las pronuncien; si no, no nos expresaremos. Si para decir *yo te amo,* hay que decir primero *yo,* para hablar con plenitud, las palabras han de definir a aquel que las emplea y contener su experiencia del mundo. Por medio de ellas nos manifestamos nosotros. De no ser así, lo único que haremos será llenar en apariencia el vacío con sonidos vacíos: voces y nada más.

EN EL AMOR hay tres terrenos —tú, yo y nosotros—; los dos primeros deben ser conscientemente separados. La fusión de ellos produciría el caos que produce toda confusión: convivir nunca será hacinarse.

LA UNIÓN AMOROSA es una afirmación del otro en uno; no elimina ningún pronombre personal, al revés, los exalta: el *tú* y el *yo* y el *nosotros* y el *vosotros,* y la perfección de tal unión es que no excluya a ninguno el *ellos.* Un proyecto amoroso, en esta breve noche —breve e interminable—, es un irreprimible impulso que no destiñe la individualidad de ser alguno, sino que la subraya; la de los dos emprendedores del impulso, desde luego, pero también la de los que cohabitan el mundo en torno de ellos. Sólo tal amor puede afirmarse que sea el motor del Universo. Pero temo que a esa idea, en el día de mediados de febrero que se dedica a los enamorados, no se la llame amor.

EL AMOR NO debe reducir el mundo al tamaño de unos ojos; ha de amarlo a través de quien ama; ha de mejorarlo porque lo habita quien ama. El amor es una luz que todo lo ilumina irremediablemente. En él caben no sólo el *tú* y el *yo* y el *nosotros,* sino el *ellos* también. Si *ellos* están ausentes, el amor se consume en su propia anécdota.

EL AMOR, COMO los ríos, requiere dos orillas.

Pero la música está
con nosotros...
Volaba ya conmigo y a tu lado
cuando no caminábamos aún juntos.
Estaba por el aire antes de estar,

porque ella sale de nosotros,
o es acaso el amor
antes de todo y también después de todo.

Te amo, pienso,
y la música lo canta;
te amo, canta la música, y lo pienso.
Al aire, al aire, al aire de los Ángeles...
Yo te diría *nunca,*
y *ayer,* responderías.
Oye mi música y oye mi silencio...

Cuando la tarde caiga,
me moriré con ella y viviré por siempre.
Por eso, vete... Por eso, no te vayas.
Porque este sufrimiento es necesario:
¿cómo sabré, si no, que estoy viviendo,
que me muero, que te buscan mis manos,
los muslos ya dormidos en mi ausencia?

Paloma mía, tu nido no soy yo:
tú eres mi nido, amor, paloma mía.
¿Quién es capaz, paloma, de decirle
a una rosa que no?

Yo lo he sentido, y sé lo que es, ese sentimiento estrecho de los que están colgados como de un hilo, con exclusión de todo lo demás, uno del otro; de los que se contentan con el egoísmo de buscarse recíprocamente en el espejo del otro... Es un amor de principiantes: rebaja el *nosotros* al pequeño nivel del *tú* y del *yo;* rebaja el anchísimo mundo a un vis a vis de asientos enfrentados; cree que la atmósfera inabarcable del amor es una miniatura en la que sólo caben dos almohadones y un juego de café con dos tacitas... Eso es avaricia, no amor.

La polarización del cariño en una persona me ha traído muchas malas consecuencias y la polarización del cariño en un solo perro, también. Así que decidí tener dos, y ahora tres.

El amor no es cosa de dos mendigos que se piden limosna el uno al otro... Sino de dos acaudalados que deciden compartir su riqueza, y cada uno es un regalo para el otro, y se dan mutuamente gracias por el regalo... Nadie debe dominar a quien ama. Si no son los dos soberanos, serán incapaces de amor. Porque no es que se *esté* enamorado, sino que se *es* amor. Para cualquiera que se acerque. Como una flor que perfuma porque sí, incluso a su pesar, incluso cuando no hay nadie que perciba su olor...

Qué difícil prueba, para el amor, la de la convivencia. Y más, cuanto más pequeño sea el lugar en que se convive.

Al amor hay que ponerlo a prueba. La convivencia es el puente definitivo; el paso honroso del amor, porque si no el amor no llega a la plenitud. La convivencia es algo vital para el amor, como el cubil a los primitivos, la comida, los hijos... No hay que eludir la convivencia.

EL AMOR NO es la compañía —o no lo es solamente—, sino el camino y el deseo de andar y el de sentarse un rato a ver correr las nubes...

LA COMPAÑÍA VIENE a ser algo, físico o moral —ayuda, sentimiento o presencia—, que une a dos o más personas para alcanzar un fin común.

EL AMOR QUIZÁ no sea más que eso: ver con veintidós años todavía a quien tiene cincuenta.

NO HAY NADA que una tanto a dos personas como mirar algo juntas; mucho más que mirarse una a la otra.

EL AMOR ES una forma de dialogar, más sigilosa y más íntima; una forma de comunicarse aquello que la palabra, tan inexpresiva en ocasiones, no es capaz de expresar; una comunión apacible, regalada, despaciosa, sin sobresalto alguno...

EL AMOR ES difícil. Se trata de olvidarte de ti y, al mismo

tiempo, seguir siendo tú mismo. Y olvidarte de ti no de una vez, sino en cada momento...

La música y la danza
son formas de rezar,
de agradecer por el jocundo don
de estar hoy vivos juntos.

Si la primavera es sólo ajena, no significa nada.

Siempre es preciso asegurarse de que, entre las dos personas, se edifique una fortaleza cautelosa contra los embates de fuera, contra las destructivas tentaciones de fuera, contra los proyectos de dentro pero unipersonales que no coincidan con los de la pareja. Y aun siendo así, qué pocas veces lo que comienza *sub specie aeternitatis* llega a ser tolerablemente duradero.

En la cámara nupcial cada pareja introduce a cuestas su pasado y su futuro. El futuro es susceptible de compartirse, pero el pasado no. Y hay que abrazarse al otro por completo, sin dejar intersticios por donde se filtre nada ajeno a nosotros, nada que nos sea ajeno. Y allí comparece su infancia, su vacilante adolescencia —que nos esperaba quizá, pero a la que no tuvimos acceso—, los padres prepotentes, las madres descuidadas, los Edipos y Electras, los hermanos hostiles, los momentos acaso ni acusados por el que los sufrió, los gloriosos olores de algún día brillante, los cubos de basura que cualquier mente procura esconder y olvidar. Allí aparece la soledad de antes —multiplicada ahora porque el amor tuvo que desterrarla, pero no la destierra—, y hay que ocultársela al amado para que no nos sienta solos sobre su cuerpo, solos sobre la almohada común... (Conozco un viejo matrimonio normal y respetable. Comen juntos los dos, duermen juntos, viven juntos. Y no se hablan jamás. No porque se hayan infligido latigazos feroces, ni siquiera porque estén enfadados: sencillamente porque no tienen en absoluto nada que decirse. La soledad se abrió, como un abismo, entre ellos.)

Cuando se intenta comprender al verdadero cónyuge —que no es el que aparece—, cuando se avanza hacia él sin conocernos a nosotros mismos del todo, o disfrazándonos (queriendo en ocasiones, y en ocasiones, no), cuando se anhela ser auténtico y tropezar con el otro ser auténtico (que también se oculta queriendo en ocasiones, y en ocasiones, no), la pareja llega a la consecuencia de que no hay dos ya allí, sino una multitud que no sólo no elimina la soledad, sino que la eleva a una potencia altísima.

Entonces se echa mano de dos armas que tienen doble filo y pueden ser amigas o enemigas: el sexo (que enmascara o aplaza si se acaba en sí mismo) y los hijos (que separan o unen, según se les reciba y se les tenga, y que al irse dejan cuartos vacíos por donde, tendidas las manos, se asediará de nuevo la pareja, recaída en el silencio y en el juego terrible que la casa ruidosa le había evitado). Tales armas confusas sólo bien empleadas combaten la soledad inmanente. A diferencia de ellas, hay siempre un auténtico adversario que colabora con la soledad: el ideal previo al amor, con el que, como en un lecho de

Procustes, obligamos a coincidir la estatura y las facciones de la realidad, deformándola y maltratándola. Pero, también a diferencia de ellas, hay un auténtico aliado de la pareja: el propósito de comprensión y de tolerancia *a pesar de* todo; el propósito de búsqueda incansable, de generoso desenmascaramiento, de ser otro y el mismo, de perdonar y de reanudar, de confiar y de confiarse: en suma, el recurso de amparo y de abandono. No conozco a ninguna pareja que lo haya conseguido. Pero conozco muchas que lo ensayan. Y es eso lo que vale. Porque el milagro de la compañía —lo mismo que el amor— no concluirá de hacerse hasta que la propia vida se concluya.

YO CREO QUE hay mucha gente que tiene esa suerte portentosa de ir transformando el amor en una compenetración y en una compañía, en una simpatía, en una entropía, que es lo más... La entropía es ponerse en el lugar del otro. Eso es una maravilla y eso sólo lo puede lograr el milagro del amor. El amor es un milagro.

EL QUE HA entrado en un paraíso, en ese paraíso bipersonal y absolutamente maravilloso, ¿cómo quiere que salga para experimentar lo que hay fuera del paraíso?

ES FANTÁSTICO, y a la vez tan real, el amor que no busca el conocimiento ya en ninguno de los sentidos, ni en el bíblico, sino que se satisface con la posesión de las miradas mudas... El amor que no busca la penetración, sino la compenetración:

los claros gestos de la convivencia, el sentimiento del consentimiento...

El amor, con frecuencia, nos confunde. Llamamos a alguien *mi vida,* como lo llamamos *mis ojos* o *entrañas mías:* son maneras de declarar la importancia de su destinatario. Pero él no es nuestra vida, ni nuestros ojos, ni nuestras entrañas. En eso consiste la maravilla del amor: en su cotidiana voluntariedad, en su hacerse y rehacerse por dos personas libres, no amarradas. Ni una por otra, ni por cosa alguna, lo que sería más suicida aún.

Confiar en alguien es darle libertad. Sin ella, no hay amor, sino prisiones...

En amor, nuestro pasado determina nuestro porvenir. No porque se asemejen los amores, ni porque hayamos adquirido ciertas experiencias, sino porque las angustias sufridas nos precaven, aun sin conciencia de ello, y nos obligan a acercarnos con más prudencia a amores que juzgamos más fáciles o menos complicados o mejor correspondidos.

En el amor *tardío* casi nada es presente del todo, porque hay un diálogo constante con el pasado. Y, al mirar hacia atrás en busca de tu felicidad, descubres que tu felicidad se ha ido. Lo que ocurre es que analizamos el pasado como si fuera recuperable.

PRODUCEN LOS AÑOS una cierta declinación de la potencia física, pero, por el contrario, también un enriquecimiento de las facultades interiores. En el viaje de vuelta, el descenso de la cantidad se compensa con un ascenso de la calidad de las relaciones más privadas. Entre vacilaciones y reajustes lógicos, se da un reencuentro consigo mismo (y con el otro o la otra, en consecuencia), la oportunidad de una copartición inédita y más profunda, el mutuo regalo de un más feraz entendimiento.

ENVIDIO A LOS ancianos que inauguran connubio: que me obsesiona, no la diferencia de edad en las parejas, sino la ausencia de pareja en mi vejez; y que no ceso de reprocharme que, por desconfianza y tozudez y falta de aceptar la vida como viene —que sólo dan los años y la próxima meta—, echase a perder mi último amor, quizá el más puro, el más diáfano, el más desinteresado y más alegre que he tenido en mi vida.

NADIE NACE PARA otra persona concreta: lo de las medias naranjas es un timo: naranjas de la China.

TÚ PUEDES OFRECER tu amor a alguien, pero no exigir que alguien te ofrezca el suyo.

¡Sɪ ʟᴀ ᴄᴏʀʀᴇsᴘᴏɴᴅᴇɴᴄɪᴀ no la garantiza ni Correos, cómo la va a garantizar el amor! El amor no garantiza nada. El amor no es una sociedad de seguros, afortunadamente.

Contra la llama, sólo la llama.
Contra el agua, la flor del arrayán.
Bajo los artesones constelados
pronunciaste mi nombre.
Repítelo. «Todo está mal.» Repítelo.
«Es malo todo.» Repite tú mi nombre.

Contra mi llama, sólo tu llama.
Se debate el amor, crepita, rasga, esquiva,
muerde, se encrespa
lo mismo que un cachorro
del que ignoramos si juega o nos devora.

Tu voz me da la fuerza
contra la fuerza. Nómbrame y viviremos.
Necesaria es la muerte;
necesarios, los dioses despreciables.
Pero si tú me nombras...
Ah, si tú me nombraras...

¿Vᴇɴᴅʀás ᴅᴇ ɢᴏʟᴘᴇ, como en cierta ocasión, igual que el rayo, o de puntillas, subrepticio así el día y la muerte, o quizá ya estás dentro de mí, y salgas cualquier tarde riendo a carcajadas como un niño? ¿Qué estás haciendo ahora, mientras yo te echo en falta? ¿Me echas tú en falta a mí; en qué trabajas; vacilas; sientes incompletas la noche y la mañana? Cuántas dudas hasta que surjas agitando la alegría lo mismo que un pañuelo.

El amor es como un mesías que tiene también su precursor, hay heraldos que nos dan a entender que algo en nosotros se está poniendo de pie.

El amor comparece igual que un terremoto: sonoro, grandioso, destructivo, poniendo patas arriba el orbe...

El amor no requiere nada excepcional: asoma, se posa y ya está.

Quizá siempre la última primavera es la peor. De lo que estoy seguro es de que ella consiste en el mayor momento para empezar y para terminar. Porque la primavera puede ser una declaración de guerra, o una declaración de amor, o de las dos cosas a la vez. Somos nosotros, los que escuchamos tal declaración, quienes la entendemos de una forma o de otra.

El cariño no se puede agradecer, ni pagar, ni devolver. No depende de nosotros. Se tiene o no. Igual que un pájaro de ahí fuera. No anida en el sitio que tú le has preparado, ni siquiera en el sitio más cómodo. Un pájaro, que se va algunas veces, y otras no se va nunca…Y algunas veces ni siquiera viene.

CUALQUIERA QUE SEA el traje del amor, cualquiera que sea su forma de llegar, hay que salir alegre a recibirlo. No hay que tenerle miedo.

LA FELICIDAD, EL amor y los guardias siempre llegan por debajo de un arco. Luego salen por peteneras, pero, lo que es llegar, por debajo de un arco y de repente.

CUANDO LLEGUES, AMOR, tendrás que recibirme como soy, no como te imaginas. Tomarás mi libertad y me darás la tuya. Tomarás mi compromiso y me darás el tuyo. Empezaremos juntos a nacer, pero no será posible desentenderse de los pesados lazos del recuerdo. Yo sé que tus facciones inauguran el mundo; procuraré que no se interpongan entre tú y yo facciones anteriores, la fresca y seca piel sobre la que dormí, las caricias a que me acostumbré, los extremados cuerpos que asaltaron mi soledad un día, el deseo que jamás se agotaba y se agotó… Tú, que espoleas el tiempo, tendrás que darte prisa. Ten cuidado con él, porque cuando no estás transcurre en vano. Y se hará tarde, Amor, ya se hace tarde. ¿Y cómo, entonces, a la noche, podría ser examinado en ti?

EN LA NOCHE te llega el amor y una cree morir, y no hay nada más que vida. Pero es irrepetible: la voluntad no cuenta. La mente no cuenta. No hay nada a qué agarrarse. El infinito. Nada. La luz...

EL DESCUBRIMIENTO DEL amor, a los once años, me aísla infinitamente. Ya no veo el mundo. Me meto en el cuarto de baño para estar más solo —para lo que tengo que entablar una dura batalla con mi hermana que era una presumida y estaba allí permanentemente—, y canto. Empiezo a cantar cuando llega el amor. Canto sin cesar cuando estoy solo. Y aquella sensación de aislamiento ya se hace total. Es como un foso entre yo y los demás. Y estoy lleno de secretos. Pero el amor llega mucho antes de que yo tenga la menor idea de lo que es, qué te digo yo, un orgasmo, nada... Me siento con una luz tremenda, que tengo que esconder a los demás. Empiezo a bajar los ojos para que no vean la luz que siento dentro, instintivamente bajo los ojos

EN AMOR, NO es llegar el primero lo que importa: eso es en las carreras.

EL AMOR ES igual que un director de orquesta: levanta su batuta, golpea en el atril, reclama la atención y brota, repentina e irreprimible, la música del mundo.

CUANDO LLEGUES —si tienes que llegar— entra sin hacer ruido. Usa tu propia llave. Di buenas tardes, di buenas noches, y entra. Como quien ha salido a un recado, y regresa, y ve la casa como estaba, y lo aprueba, y se sienta en el sillón más cómodo con un lento suspiro. Abre cuando llegues, si quieres, la ventana a los sonidos cómplices de fuera, y a la luz, y a la favorable intemperie de la vida. El tiempo en que no te tuve dejará de existir cuando tú llegues. Todo será sencillo. Como una rosa recién cortada, se instalará el milagro entre nosotros. No habrá nada que no quepa en mis manos cuando llegues. Tornasoladas nubes coronarán el techo de la alcoba. ¿Dónde están mis heridas?, me diré.

Pero escúchame bien: llega para quedarte cuando llegues.

EL PRIMER AMOR sólo sucede una vez, es la verdad. Esa vez en que uno se vacía, igual que un cántaro, sin presentimientos, sin prejuicios, sin temores, sin proyectos, sin saber nada. Extraviado y recuperado al mismo tiempo. Pero cada amor sucesivo tiene mucho de primer amor, porque se abre él mismo y se cierra, como un abanico independientemente de los otros abanicos. Y comparar es malo. Las comparaciones, en amor, son detestables. Primero son una falta terrible de educación. Y segundo, entramos al amor con nuestro pasado, que nos configura y nos hace, pero entramos al amor con nuestro futuro, y el futuro sí lo podemos hacer con ese amor nuevo. No hay que mirar atrás.

LOS PRIMEROS AMORES —los míos por lo menos— nacían en las tabernas, en su respetuosa soledad acompañada, en su naturalidad de cada cual a lo suyo, en la sigilosa ceremonia de compartir el vino y el olor y el anochecer.

NO ES QUE los primeros amores retornen siempre: es que no se van nunca.

LA MUJER ES capaz de abrir las puertas de su casa y dejar entrar el amor; que la deslumbre, atosigue, que la lleve y que la traiga; que la lleve al séptimo cielo y luego la hunda en el séptimo infierno.

AHORA ESTÁS DISTRAÍDO mirando hacia otro lado. Pronto, Tobías —quizá a ti no te lo parezca, pero muy pronto—, te llamará el amor. Espéralo. Es más fácil de encontrar que de buscar. No lo busques: él llega. Con paso suave, o violentamente. Bueno, creo que violentamente, sea cual sea su paso. Irrumpe. Sobre todo, al principio: cuando se entrega uno como un jarro que se vacía, sin que le quede nada dentro. Así lo deberás hacer. A ciegas. Sin prejuzgar. Sin presentir. Como si fuese a terminarse el mundo —que de alguna manera se termina— y sólo existiera ya el presente. Sin temor, ni proyecto. Extraviado y a la vez recuperado. El mundo estará ahí, concreto y a tu alcance; te mirará en los ojos, meterá sus ojos en los tuyos; y tú no verás más. Y, de pronto, odiarás cuanto rodeaba a quien amas antes de llegar tú, antes de que quien ama llegara a ti: a sus padres, a sus hermanos, a sus amigos, porque los quiere. Sin darte cuenta de que tú, por debajo, continúas queriendo a los tuyos también. Sin darte cuenta de que hay muchos modos de querer, y de que el corazón —preparándose para el abandono— deja latentes los cariños anteriores para retornar, aterido, cuando el amor se vaya... Pero eso lo sabrás después mejor, en los días en que el amor —o lo que luego sea— comience a atacar con menos violencia cada vez. Hasta que lo sientas como lo siento hoy yo cuando escribo esta página: casi un perfume desvaído que uno, inseguro, se esfuerza en percibir.

Aún eres mío, porque no te tuve.
Cuánto tardan, sin ti,
las olas en pasar...

Cuando el amor comienza, hay un momento
en que Dios se sorprende
de haber urdido algo tan hermoso.
Entonces, se inaugura
—entre el fulgor y el júbilo—
el mundo nuevamente,
y pedir lo imposible
no es pedir demasiado.

Fue a la vera del mar, a medianoche.
Supe que estaba Dios,
y que la arena y tú
y el mar y yo y la luna
éramos Dios. Y lo adoré.

Somos como un taxi con la luz verde dada, en un helado anochecer, sobre mojadas calles; vacíos y disponibles. No sabemos quién nos espera, quién nos detendrá, quién musitará una dirección a la que ir. Ni siquiera sabemos si habrá alguien antes de que suene la hora de retirada. Para estar disponible hay que ser muy valiente. Más que para descansar en el pasado; más que para ilusionarse con el porvenir.

Yo tengo un alma disponible y amable como el alma de los perros domésticos: que una vez entregada no puede compartirse ni admite, en general, devoluciones... Sólo que mi alma no encontró su dueño y acaso ya ha dejado de buscarlo... O acaso no, y vivir sea esa búsqueda.

¿Cómo se insinúa uno, cómo se conquista, cómo se enamora a una muchacha?

Se hace muy paso a paso. Si estás sentado junto a ella, pasas como al desgaire tu brazo por encima de sus hombros y observas su reacción... O dejas caer la mano sobre la suya. O rozas con tu pierna su pierna. Y observas siempre su reacción. A mi entender, ahí está el secreto... Y en mirarla a los ojos con toda intensidad. Si ella resiste la mirada... Luego ya puedes pedirle salir a solas con ella. Y besarla si es posible y se tercia... Si dispones de sitio o de un coche, las cosas son más fáciles. Las mujeres, en realidad, se hacen las seducidas, pero son ellas las seductoras. Si alguien elige, son ellas desde siempre...

CUANDO UN HOMBRE pretende a una mujer es porque ella quiere que la pretendan. Ya está decidida; no hay que hacerle esperar. Cuántas preocupaciones inútiles... Ahora sois más prácticas... Porque después ya sólo quedan alegrías remotas: muchos recuerdos y ninguna esperanza.

NO TE MOLESTES, buscar el amor es como buscar un tigre cuando uno está sentado encima de él...

EL AMOR SIEMPRE traiciona. Mi protagonista asocia el amor con el sufrimiento. Y yo también. El amor no es la exaltación y la euforia, sino la miseria y la degradación. El amor es conturbador y se pasa la vida afilando los cuchillos. En el amor gana siempre quien huye. Me admira la gente que sale de noche en busca del amor, y me admira precisamente porque yo he hecho siempre lo contrario, esconderme y huir. El amor me ha perseguido como una oleada espantosa y me ha arrastrado por la playa con los pómulos contra la arena. No hay que buscar el amor. En todo caso hay que resignarse a encontrarlo y luego llevar la cruz lo mejor posible. Hoy la gente cree demasiado en el amor. Se trata de una creencia esotérica, salvadora, que a mí me parece equivocada. El amor no salva de nada. Las respuestas a la salvación están dentro de nosotros, como lo está la actitud que toma el amor. De la misma forma que no hay viajes maravillosos, sino viajeros maravillosos, tampoco hay amores buenos sino amantes buenos. Algunas personas están dotadas para el amor, y otras, en cambio, no lo están ni lo estarán nunca. Probablemente yo sea una de ellas.

CUANDO EL AMOR llega, siempre asumo que me hará sufrir.

EL TEMOR A sufrir es más dañino que el propio sufrimiento... El verdadero amor no cierra los ojos, nunca aconseja retroceder, no se conforma con el primer tesoro ni tiene bastante con una sola vida.

Voy a hacer feliz. Sufrirás tanto
que le pondrás mi nombre a la tristeza.
Mal contrastada, en tu balanza empieza
la caricia a valer menos que el llanto.

Cuánto me vas a enriquecer y cuánto
te vas a avergonzar de tu pobreza,
cuando aprendas —a solas— qué belleza
tiene la cara amarga del encanto.

Para ser tan feliz como yo he sido,
besa la espina, tiembla ante la rosa,
bendice con el labio malherido,

juégate entero contra cualquier cosa.
Yo entero me jugué. Ya me he perdido.
Mira si mi venganza es generosa.

EL AMOR NO se entiende: amamos, eso es todo.

A QUIEN SABE mucho se le hincha la cabeza: no puede cantar, ni bailar, ni beber. El que piensa y calcula no se enamora nunca... El amor es un puente que atraviesas; el conocimiento es como un muro.

PARA EL AMOR no hay más maestro que el amor.

EL AMOR YO lo entendía entonces como un halo que nos precede, como un olor que nos envuelve y nos sigue, como un hilo invisible que nos conduce sin saber adónde. (Creo, creía, que el apasionamiento no nos ciega: no es enemigo de la luz; no nos coloca una venda ante los ojos, los afila más bien. Acaso lo que ciega es precisamente la luz fría del conocimiento y el laberinto de la serenidad: ellos nos ponen antojeras a un lado y otro de la cara... Entonces aún no sabía nada de esto...)

CUANTO MÁS INSTRUIDO se es, menos dura el amor.

¿ES EL CONOCIMIENTO el que engendra el amor o es más bien al contrario? ¿Quién se tomará el trabajo de intentar conocer mejor a quien no ama?

Lo QUE VALE es lo vivido, no lo pensado; lo que ganamos con nuestro riesgo, no lo que heredamos; lo que hemos asimilado, no lo que poseemos... Una mañana radiante, en Florencia, en la Piazza della Signoria, vi a una pareja muy joven a los pies del *David* de Miguel Ángel. Eran hermosos, rubios, felices, acorazados en su amor. Se miraban igual que si cantasen. Sentí celos y envidia. Quise aguarles un poco su arrebatadora fiesta. «Éste no es el *David* verdadero, es una copia. El auténtico está en la Galería de la Academia», les dije. «¿Qué más nos da?», me replicaron. Y yo me eché a llorar. Estaba sola...

En el amor sucede como en la arquitectura a los ojos no expertos: los ojos de los turistas norteamericanos, por ejemplo. Los edificios que les dan más impresión de góticos son los neogóticos y los que más retratan. Los estiman más vistosos, más limpios y mejor situados.

El hombre es egoísta, sí, pero tan desprovisto e indigente que cualquier precaución que tome es explicable. Sobre todo en el arduo y ensangrentado coso del amor.

El amor no se aprende con la edad. ¿Quién les enseña a volar a los pájaros?

La edad enseña a tomar precauciones, pero el amor es un rejuvenecimiento, una primavera anímica, y en la primavera nadie toma precauciones. El amor, cuando empieza a meterse detrás de los burladeros, nunca da la corrida. En ningún sentido.

El amor engaña y se engaña, pues está siempre manifestándose de distintas maneras y es irrepetible. Uno nunca aprende en el amor, las experiencias sólo sirven para equivocarse continuamente, una y otra vez. El amante tropieza una y cinco veces en la misma piedra, y luego coge la piedra y la tira contra su propio tejado.

Quizá es que en el amor nunca se aprende nada. Yo no he aprendido al menos. Siempre, en todos mis amores, desde el primero hasta el último, he actuado con la flema del que cree en una felicidad perenne; o quizá no en una felicidad, pero sí en una situación estable: terrible a veces, dañina, recíprocamente destructora quizá, inconveniente, pero estable. Lo contrario me habría parecido una aventura. He confiado con firmeza en que aquel proyecto común, se realizara o no, no iba a agotarse; en que aquella relación, aunque decayese el sentimiento, no concluiría nunca. He sabido que insultaba con frecuencia, incluso que golpeaba, o ponía en tela de juicio, o llamaba idiota con todo mi rencor, a quien era para mí lo más querido de la creación. Y he confiado, equivocándome, en que, por mucho que yo lo malamase, jamás se separaría definitivamente de mi lado. Aunque a mi lado encontrara el infierno, y yo, al suyo, el inminente peligro de un derrumbadero. No me hallaba lo bastante convencido de que por la fuerza se consiguen muchas cosas, pero no otras. Se puede obtener que alguien coma, pero no que tenga hambre; que alguien siga cediéndosenos, pero no que nos siga amando; que alguien nos sea corporalmente fiel, pero no que deje de soñar con otra libertad o en otros besos.

LOS SECRETOS DEL amor sólo están en la mirada.

AMOR, AMOR: GESTOS. El amor no se dice: se hace.

CUANDO LOS DESORBITANTES gestos del amor nos están prohibidos, aunque sea por una norma personal, se convierten en mucho más irresistibles: nos arrastran a impensables extremos. El arrepentimiento tarda en hacerse presente: llega cuando no sirve para nada.

NUNCA HE ESCRITO una carta de amor. He inventado demasiadas escenas de amor como para que una proclamación escrita no me huela a literatura.

COMO ORO EN paño conservo los escasos gestos de amor de mi padre. Casi todos fueron gestos de hacerme dormir. Él, igual que el resto de la familia, dormía mal. Yo, también. Por eso intentaba enseñarme a dormir a horas fijas. Abría con suavidad la puerta de mi cuarto: «¿Todavía estás leyendo? Apaga y duerme, anda.» «Es que no tengo sueño.» «Sí tienes, pero lo ahuyentas. Cierra los ojos, olvídate de todo. De los hombros, de los brazos, de las piernas.Y espera.Ya vendrá.» No venía. O, por lo menos, no deprisa. En aquella casa nadie dormía como es debido. Sobre las mesillas había un termo con leche templada. Quizá con algo más. Cada vez que despertábamos, bebíamos un vaso. En ocasiones, de tanto despertarnos agotábamos el termo. Íbamos a la cocina por más leche, y allí, reunida, encontrábamos a toda la familia. Para no denunciarse como insomnes congénitos, fingían; para no asustarnos ni sugestionarnos con una herencia irremediable. «Pasábamos por aquí» (como si alguien pudiera pasar por unos oficios a las cuatro de la mañana) «y hemos tomado un poquito de leche. Pero qué sueño tan enorme. Nos vamos a dormir». Y dos horas después, si volvíamos, de nuevo en la cocina la familia de cháchara.

A MENUDO HE sabido qué desgraciado puede hacer un adverbio a los dos o tres años. Cuando tenía esa edad, llegaban a casa de mis padres las visitas, y veían a mis hermanos, tan esbeltos, tan elegantes, tan lucientes. «Qué hijos tenéis, qué barbaridad... qué guapos son.» Luego, descendían su mirada hasta mí: coloradote, gordo, impresentable.Yo me había aprendido de sobra el comentario: «Bueno... Este es mono también.» Aquel *también* no por habitual me hacía menos daño. Pienso si todo lo que soy —casi nada— no se habrá construido sobre el *también* aquel (para contrarrestarlo como suplencia de lo que no me había sido dado).

SI EL AMOR no tiene por fin demostrarnos la grandeza que poseemos dentro y que ignoramos, ¿para qué sirve?

YO CREO QUE sólo el amor —bueno, quizá el dolor también— te hace sentirte real y verdadero. Como si de pronto abrieras los ojos y despertaras. Para lo bueno y para lo malo, pero despierto ya.

ALGO DURMIENTES SOMOS todos, sí. Porque no vivimos nuestra vida verdadera, o porque tememos lanzarnos como al vacío en brazos de ella, o porque vivimos a expensas de otros... O porque, como yo, viajamos más por fuera que por dentro... Todos dormitamos, cada cual sobre su propia almohada. Y la vida, por mucho que se empeñe Calderón de la Barca, es exactamente lo contrario de un sueño... Si nos despierta el beso del amor —ojalá—, tenemos que saber que, a partir de ese instante, nos espera la vida sin más contemplaciones. Hecha de todo: de amaneceres, de estercoleros. Al margen del amor también, y hasta en contra de él...

Dijiste Antonio, y escuché a la vida
cantar, brincar, como un niño pequeño.
Oí a la vida despertar del sueño,
desperezarse ante la amanecida.

Dijiste Antonio, y se cerró la herida.
Como un perro, el amor olió a su dueño,
y el dolor se me puso tan risueño
que se desmayó el alma sorprendida.

Dijiste Antonio así, tan de repente,
tan sin preparación y sin motivo,
que recibí tu golpe en plena frente.

No extrañes que aquel muerto esté ahora vivo:
Lázaro soy tan dócil y obediente
que tu voz me levanta y esto escribo.

DE UN MODO súbito, como la luz y la voz de un camino
de Damasco, se descolgó el amor sobre mis hombros. Fue
mucho más que un flechazo; fue un disparo en la sien, un
modo repentino de morir y renacer —otra vez morir y renacer— a otro mundo recién inaugurado, ileso, en el que todo
recordaba lo que había sido y todo era distinto. Igual que si
fuese mirado a través de otros ojos. Y así era. Habría yo cerrado los míos, por innecesarios, si no hubiese tenido la certeza
de que la otra persona miraba a través de ellos. Qué catástrofe. Qué gloriosa y ardiente y dorada catástrofe. Qué acoge-
doras las calles de diciembre, y qué bello Madrid... No; nunca, nunca, nunca. No habrá nada como eso: la vida convivi-
da. El mundo, como una catarineta girando alrededor, para
nosotros, regalo de Navidad para nosotros, Navidad todo el
año. No; nunca, nunca, nunca. Luego, la muerte hizo su obra
incomprensible. Pero, entonces, ay, todavía entonces.

SE ASEGURA QUE mayo es el mes del amor; yo no conozco un mes que no lo sea. El amor, aunque yo tardé mucho en darle nombre, se derramó como un perfume por mi vida, llenando días, meses, años, de su olor; impregnando cada pliegue de mi ropa, cada sonrisa, cada tristeza mía; tiñéndolo todo con sus tonos de flor o de llaga; apartándome y desinteresándome de cuanto no fuera él; trastornando las perspectivas y las formas; convirtiendo en esclavo al amo y viceversa. Porque cada amor —luego lo he aprendido— trae su propia dicha; pero a la pesadumbre de un amor se añaden las pesadumbres de todos los amores. Qué injusto es eso. Las heridas cicatrizadas vuelven siempre, despacito, a sangrar.

LO QUE MÁS distrae de todo es el amor. Fuera de la persona que amas, ya nada te interesa: ni moscas ni elefantes. Y es que el amor con su tira y afloja, da mucho juego.

PARA MÍ SERÁ siempre la Alhambra, el palacio en que el amor tiembla de deseo y de frío, ahogado —¿o no?— como un lucero en el corazón de las albercas.

EN GRANADA mi corazón, igual que un alambique, ha destilado su mejor cosecha; se ha emborrachado de sí mismo: ha salido de sí y ha vuelto ebrio. De belleza, de amor, de gloria pura. Recuerdo Granada bajo la nieve, bajo la incandescente colcha del sol, bajo las envidiosas estrellas y la luna. Recuerdo Granada como condensación de la humana hermosura: un lugar en el que el hombre puede sentirse orgulloso de ser hombre. Un día, en ella, supe que, desde entonces, todo sería un descenso para mí. «Ahora», me dije: «Ahora. Qué buen momento para morir...»

TENGO LA SENSACIÓN de que, en ningún sitio como en los mercados, gocé, reí, curioseé, fui casi casi feliz. Los mercados han sido mi punto y aparte, mi nota marginal, mi hora de vacación. A ellos fui, cada vez, acompañado por distintas personas. Todas, una tras otra, amantes mías. Gente que me sedujo y, viceversa, me encontró seductor. El amor hace amable todo, hasta los mercados, que no lo necesitan; hasta el infierno, si es que el infierno puede coexistir con el amor. Íbamos al mercado, juntos, a divertirnos, a codearnos con los demás y con la tierra y con los frutos de la tierra y del mar. Íbamos, porque todo marchaba bien entre nosotros, y estábamos alegres, y el mercado multiplicaba la alegría. Era una recompensa. Si íbamos de mañana, después volvía yo al trabajo; si por la tarde, nos metíamos en un cine de barrio, entre las desvaídas luces de las calles de invierno, o retornábamos a casa, del brazo, a hacer la cena con lo que habíamos comprado, y el amor con lo que ya teníamos...

NUNCA EL VERDADERO amor, de cualquier clase que sea, va contra el cumplimiento de quien lo siente.

EL AMOR HA entrado en mi vida como un carnicero, a saco, y me ha puesto la vida patas arriba. Ya no quiero ese amor que entre en mi vida como un caballo en una cacharrería, sino un amor que me ayude a trabajar, que me abra las ventanas y entren la luz y la claridad por ellas. Que me ayude a trabajar y que me ayude a cumplirme.

NADIE PUEDE SER Dios de nadie... Ni el amor diviniza. Al contrario, hace, a quienes se aman, más humanos: ahí está su grandeza.

EL AMOR DE onda corta no piensa casi nunca en los hijos. Y el responsable, sí. Porque el hijo debe ser consecuencia de una decisión voluntaria —como el amor que lo produce— y nunca de un descuido. El amor no tiene por qué verse seguido de hijos ni existir sólo por ellos. Más: los padres que se refugian ciegamente en los hijos es porque no se han realizado con el amor que los produjo. El ser humano no es una gallina clueca: nadie se realiza a través de sus hijos. La paternidad buscada como remedio a un fracaso personal es algo abominable. Tan abominable como creerse consumado por escribir un libro o haber plantado un árbol. Todo dependerá del libro, del árbol y del hijo.

LA PATERNIDAD NO se improvisa: es un largo quehacer de adaptación diaria. Lo mismo que el amor: cuando aparece exige una nueva tarea, cambios, mudanzas, entregas anchas o menudas, regateos. Por las dos partes. O por las tres, porque la madre cuenta...

LA PREDILECCIÓN EXISTE siempre entre padres, entre los hijos, entre los amigos, entre los hermanos. Junto a un cariño básico distribuido con meticulosa equidad, hay siempre un pequeño tirón, inconsciente o lógico, según. Está el amor reflexivo de la dilección; y está, sobre él, ese adorno —no en todo caso voluntario— de la predilección.

SUPE QUE ERA hijo predilecto cuando estaba llegando a la orfandad. Durante tres infinitos meses mi padre me habló, con encendimiento, de mí a mí mismo. Me hablaba de *su niño,* que con dos años toreaba pavos, se sentaba entre los novios en las bodas, andaba tan derecho, decía no sé qué, se reía no sé cómo; que crecía; que era como él había soñado... Me hablaba sin cesar de mí a mí; pero, ay, ya sin reconocerme. Yo lo sacudí por los hombros; le gritaba que todo era posible aún, que me mirara bien. Él me apartaba con un gesto muy largo, y me seguía hablando de su hijo predilecto. Durante toda su vida había enmascarado su predilección con una mayor exigencia. Con cierto desabrimiento en el trato, procuraba compensar la escora de su corazón. A borbollones le salió la verdad —inoportuna, no; no inoportuna— cuando era demasiado tarde para gozarse en ella. Qué tragos más amargos nos atiza la vida.

RECUERDO A AQUELLA vieja condesa austriaca, seis veces

separada y vuelta a casar que, al preguntarle yo con cuál de sus maridos elegiría pasar la eternidad, me respondió: «Con ninguno. Un día de la Primera Guerra, cuando en Viena todos nos vimos obligados a viajar en tranvía, se sentó al lado mío un joven aviador. No hablé con él y apenas me dio tiempo a mirarlo en el corto trayecto. No obstante, desde que apareció sobre el estribo yo supe que mi amor, el verdadero, para el que había nacido, era él, y nunca tendría otro: sólo espejismos, sólo consolaciones. Jamás supe si murió, si su avión fue destruido, o si él aún vive. No supe ni su nombre. Tampoco me hace falta. Él es el hombre con quien elegiría vivir la eternidad.» Probablemente se equivocaba la anciana condesa. No sabemos con certeza qué es la eternidad, ni siquiera qué es el amor ni qué la convivencia. Sólo sabemos qué es lo que nos emociona. Lo que nos emociona hoy, porque ignoramos si seguirá emocionándonos del mismo modo mañana y con igual vehemencia.

EL NIÑO VIVE al margen de las terribles convenciones. Lo mismo que el amor. ¿Mide el tiempo el amor, o viceversa? Se espera una llamada, la urgencia de una cita; se percibe con los labios el latido de una arteria en el cuerpo que amamos... Eso es todo. Entre pequeñas y fragorosas muertes transcurren la infancia y el amor, indiferentes a sí mismos fuera de sí, sin cálculos, presentes e inmortales mientras son. Y es porque no razonan. ¿Cuándo entramos en la edad de la razón? ¿Es la edad —o sea, el tiempo— quien nos empuja a ella, o nuestra evolución?

QUÉ CONFUSAS LAS vislumbres de la realidad que nos ofrece la Alhambra. ¿Dios es la luz en ella? La luz acaso es Dios. «Pero aquí está la vida», me decía. Todos los moradores de la Alhambra, cualquiera que sea la época en que vivieron, en que vivimos, hemos compartido la convicción de que habíamos cesado; era cuestión de tiempo. Por eso sus constructores eligieron no tener que elegir entre la verdad y la ilusión. Laten las murallas, contempladas desde abajo, rezumando por sus huecos un vacilante resplandor, y, por si fuera poco, al dibujarse en el temblor de las albercas o en la rizada serenidad de los estanques, le dan más vida al sueño que a la vigilia. Los grandes y variados intradoses, cuando se contemplan en el agua, se ven como hay que verlos: de arriba abajo, no al revés. Quizá ahí resida el secreto de esta ciudad corporal y sumergida, llamada a desaparecer desde antes de existir, como el amor. Como el amor, algo delicado y efímero donde jamás se sabe qué escoger: si la frágil materia o su remedo. ¿Cuál es la torre real: la que construyó el hombre, o su imagen que se hunde dentro del aljibe? ¿Qué perdurará más: la materia, o su representación? ¿Qué es lo que nos sostiene: el sentimiento, o el presentimiento? O quizá su recuerdo... Porque, en mi vida y en la Alhambra, lo real se ha hallado siempre más distante que el reflejo de lo real. La vida y el amor son sólo acaso el agua que espejea, la luz que tiembla; y ese espejeo y ese temblor son menos inasibles que lo que está al alcance de la mano.

EL AMOR ES un ansia de perennidad. Es no querer morir en otro; que cada instante se eternice. Da igual que sea de dolor o de gozo: si es por amor, que se eternice así. Él es el más alto multiplicador de la vida: la multiplica al infinito, y obra como si fuese eterno. De ahí el terrible desgarramiento que supone salirse del amor. Porque es exactamente lo mismo que morir. Y se muere, de hecho. Se entra en otra dimensión: más apacible, más rutinaria, más serena: menos vital, por tanto. Es *la otra vida…*

Un amor sereno, no tiene por qué ser agitado, ni violento; no tiene por qué matar. Un amor recio, racional, razonable. Ese es el amor que más dura. El amor del imposible olvido: el amor que te hace a ti mismo amor.

En diez minutos, un amor puede perfectamente ser eterno.

El amor no se acaba: mientras dura es eterno. Somos nosotros, unos idiotas, los que nos acabamos.

Cada persona obra según sus impulsos. Le atrae o le repele lo que no atrae o no repele a otra… No te empeñes, no podemos ponernos en el lugar de nadie. El amor es eterno por poquito que dure, y consiste en proyectar el futuro común, por poquito que dure también. Dejemos que cada cual resuelva su vida como le dé la gana. A nadie tenemos que rendirle cuentas más que a nosotros mismos…

HASTA EL AMOR perfecto, cuando existe, dura sólo un instante.

EL AMOR ES algo místico (¿igual que la política?), un don no rehuible ni asequible; por mucho que dure, dura sólo un instante. Es transeúnte: un huésped inconstante que nos llena la casa con su olor. Y perdura el olor, y hay noches que nos llega hasta el fondo del alma y del recuerdo. Levantamos los ojos, y vemos frente a nosotros a quien lo producía: ya una cosa el olor, y otra, su fuente. Vuelve el amante hacia atrás la cabeza, y ve lo que le importa. Lo de ahora es costumbre. Y a todo lo transforma la costumbre en trabajo: en un horario rígido, lo que fue el más gozoso impulso; lo que fue generosidad, en regateo; en facturas, en colegios, en cesta de la compra...

LOS HOMBRES ACOSTUMBRÁIS decir que la fidelidad y la constancia le quitan al amor su encanto, un encanto que consiste en lo imprevisto y en la fantasía... Pues bien, tenéis toda la razón. Yo opino lo mismo que vosotros. El deseo muy satisfecho, al suprimir el mar de los Sargazos que es lo desconocido, hace que el amor pierda su mérito más grande; y tiene que sustituírsele por muchas otras cosas. Si las mujeres son más conservadoras es sólo por los hijos; pero, en realidad, nada es más penoso que unas relaciones de larga duración.

Me refiero a una duración no mayor que la que requieran los amantes para verse del todo, sentirse del todo, y haberse dicho todo. Después de eso, no es amor ya lo que los une, sino una cordialidad o una amistad si es que tienen la suerte de haberlas propiciado... Los maridos se aventuran muy poco, y en amor hay que aventurarse siempre y de un modo distinto cada día.

UN CEPILLO DE dientes dura más que el amor.

El amor dura menos
que un traje de entretiempo.

TODO DURA MÁS que el amor y sus naufragios: los restos, en el vaso, de la bebida que bebía, las colillas con que ensuciaba el cenicero... Ya no aspiramos a la ilusión, sino al compañerismo, a que no nos hundan súbitamente el mundo. Pero ni aun esa modesta decisión está en nuestro poder. Alguien, o algo, ha decidido de antemano. No sabemos desde cuándo, desde qué mañana de oro, desde qué siesta calmosa, desde qué luna llena. Todo se va gastando: en qué tono de qué replica, en qué manera de destrenzar los dedos, de ausentarse a través de qué libro. ¿Cuándo? ¿Casi en el germen, casi en la raíz? Como las rosas «cuna y sepulcro en un botón hallaron», así el amor. Se desluce, se mustia. A cada instante más deprisa. Hasta llegar a una conversación lúcida y helada en que, igual que si se tratara de una guerra remota o una cuestión ajena, se desanuda el mundo y se desploma... Moribundo e ileso. Nada ha pasado. Sólo el tiempo y nosotros.

Cuanto sé del amor es que se acaba;
pero su rastro perdura
más que el bronce y la piedra.
Se renueva el amor entre sus propias ruinas
como el vuelo del pájaro,
como la flor efímera y eterna,
como el aire invisible.
Sobreviven las obras del amor:
sus altas torres, sus truncadas columnas,
sus palabras, que no son casi nada
y por eso permanecen con más facilidad...
Convocados por la muerte, antes ya de nacer,
fueron su gesto, la deslumbrante risa,
la caricia que encendía el sol o lo apagaba,
su lengua poderosa,
la dalia de su aliento.
Y, sin embargo, cuanto no era él
sino la sombra de él no morirá jamás.
Sólo una huella refulgente
es testimonio de que aquí él estuvo.

¿POR QUÉ DURA el amor menos que una cerámica, que una cartera de notas, que un bolígrafo; menos que su memoria; menos que el eco del gozo que produjo; menos que sus lesiones?

EL AMOR SE va mucho antes de irse, y permanece hasta mucho después de haberse ido.

EL AMOR ES un pájaro. Déjalo que se vaya, si es su gusto. No le cortes las alas; no lo encierres. El miedo de que huya y no regrese también se llama amor.

EL AMOR Y la luz sólo llegan para advertir que no pueden quedarse.

Se va el amor de entre las manos con
la prisa de los ríos. Nos paramos
a mirar la corriente
maravillados, como si bebiéramos,
y va ya el agua en el recuerdo sólo.
Con su ardiente desorden nos envuelve
el beso sin mañana.
Comenzó ayer apenas, hoy la aurora
sorprende a los amantes desolados.
En exilio vivimos de aquel reino,
inmediato y distante, donde es todo
claridad: no respuesta
sino entregada ausencia de preguntas.

Quiero estar donde estuve.
Resbala deshojada en mi mejilla
la sonrisa de talco de esta hora.

Aquí el amor de hoy ha de inventarse
hoy, y mañana el de mañana.

Si los amantes detener pretenden
su candente nevada, han de morir
antes de que el oráculo
triunfe, con el sigilo
de la boca en la boca:
cuando ignoran sus brazos aún el peso
de una carne inservible.
En tanto que haya muerte, habrá esperanza.

Los amores se acaban; los proyectos y los ideales medran,
declinan y se hunden; las más acendradas aspiraciones se eva-
poran. «Son cosas de la vida —se dice—: todo pasa.» Pero no
nos damos suficientemente cuenta de que la vida, la que llamamos nuestra y no lo es, también pasa; de que nosotros avanzamos a la carrera por el camino de nuestra extinción. Y jamás
regresaremos: no se renace nunca. Aparecerán otros hombres, otras mujeres, con ojos tan rutilantes y bocas tan sensuales, con tan sedosa piel como la que una vez acariciamos
y nos conmocionaba, con piernas que acaso se enlacen con
las nuestras y dedos que se trencen con nuestros dedos; pero
ya no serán aquellos que perdimos. ¿Cómo no va a decapitar
la misma muerte que nos decapita los más persistentes amores, proyectos, aspiraciones, justamente aquellos que parecían
más consustanciales con nosotros? ¿Cómo van a durar más
que nosotros nuestros amores o nuestros ideales? ¿Y es que
serán más firmes por ser más duraderos? ¿Por qué empeñar-

se en permanecer idéntico, ensimismado, fiel a uno mismo, inmóvil si es preciso, cuando no nos desdeñará por eso la muerte, y de un tajo se ha de llevar consigo tanta fidelidad, y a quien la sostiene, o acaso es por ella sostenido? ¿Por qué entonces tal afán de supervivencia, la promesa del amor para siempre, el sucedáneo de eternidad que hincha nuestros corazones? Todo aquí se compromete para toda la vida, y concluye unos días después. O unos meses o unos años después, ¿qué diferencia hay si todo desemboca en la nada?

SÓLO EL AMOR nos hace únicos, irrepetibles y eternos mientras dura. Por eso el ser humano aspira sin cesar al amor: es su más hermosa manera de individualizarse y de permanecer.

EL AMOR ES un signo de madurez que a su vez nos madura. No se concentra: se desborda. Por eso tampoco es permanente: cambia o se va. Pero mientras dura es eterno... Eterno y de cristal. Igual que un sueño.

Nada de lo que hubo está hoy aquí.
Alguien murió, alguien se fue...
En los cristales bordeados de azul
cupo ayer la alegría.

Bebimos en idéntico vaso
los labios que me huyeron y los míos

y los labios que deshizo la tierra
con sus besos voraces.

Sólo quedan mis ojos compungidos
y estos cristales bordeados de azul
donde ahora bebo solo.
¿Por qué pasó la vida sin llevarme?
¿Por qué el cristal efímero
es lo que más me dura?

Y PORQUE EL amor pueda acabarse, ¿no va a ser comenzado?

CUANDO UN SER vivo, cuando un amor muere, es como si perdiéramos el brazo derecho. Sí, es necesario enamorarse. Y es necesario sentir sin presentir. Muere un amor, una persona, un sentimiento, una manera de mirar, una forma de acariciar o ser acariciados..., pero no muere la caricia, ni muere la rosa. En una rosa caben todas las primaveras.

EL AMOR ES una superficie única, en la que caben muchas cosas y amores diferentes. Pero nuestra capacidad de amar es única, y si se acaba un amor empezará otro. Y seremos nosotros mismos quienes lo empecemos, porque nuestra capacidad de amor y nuestro sentido del amor funcionan siempre.

EL AMOR ES un cisne que no muere.

ESTOY HARTO DE oír a gente que se queja: «Se me murió mi perro. No quiero tener más, se sufre mucho.» Es una reacción obtusa y egoísta. Por un sufrimiento previsible se renuncia a la gracia presente, al cariño presente, al don de sí. ¿Es que un perro o un amor o una posesión esencial sólo nos regalan el dolor de su pérdida? ¿Nos quedaremos, como en una mala fotografía, congelados en el gesto final? ¿Y el amable trayecto, con una mano entre las nuestras, hasta llegar allí? ¿Olvidaremos cómo esperamos impacientes que sonase la hora de la cita; cómo aquella compartida emoción revolvió las mañanas, explicó el mediodía, dio sentido a los atardeceres, justificó el desvelo cada noche? ¿Olvidaremos, porque terminó, los gráciles comienzos en los que se enredaban las miradas, incapaces ya de desenredarse; el sereno o el tormentoso desarrollo en que se nos multiplicaba el corazón? ¿Olvidaremos, porque toda música cesa, cuánta armonía pautó nuestra vida, como si fuese a durar siempre? Estamos hechos de tiempo, de soledad y amor. A la tarde nos examinarán en él... El azar y el destino, cuentan, a medias, nuestra vida en voz baja.

EL TIEMPO ES un aliado, nunca un enemigo. El tiempo fortalece, resiste, cimenta, petrifica y, por tanto, solidifica, y hace eterno. No creo que el tiempo sea enemigo del amor. Es enemigo de la belleza, pero la belleza no es el paisaje del amor, ni la alegría, ni el dolor: el amor tiene su propio paisaje.

EL AMOR HA vuelto a ser para mí una sugerencia de lo desconocido, la convocatoria a un nuevo viaje. ¿Qué importa cuál pueda ser su fin? Siempre es el mismo: toda música cesa; pero quizá sea ese fin lo que más nos apremia a emprender el camino.

Amor–Amistad

PERSONA, EN LATÍN, es la máscara que los actores llevaban ante el rostro. Primero, para ocultarse y caracterizarse como personajes; segundo, para *per-sonare,* o sea, para intensificar su voz. Persona, pues, será quien preserve su verdad, y al mismo tiempo pueda proclamarla. El hombre que carece de intimidad no es una auténtica persona; el que desconoce cuál sea el fondo oculto de sí mismo, tampoco. Ahí reside el origen de la amistad: entregar confiadamente a alguien el arma con la que puede herírsenos, en la certeza de que no la va a usar nunca contra nosotros, sino que de ella y con ella nos defenderá.

SÓLO CUANDO LA confidencia proviene del afecto se engendra la amistad. No al contrario. Puede haber una predisposición, una simpatía previa; pero la amistad nace del descubrimiento que hacemos a otro de nuestra intimidad. Aunque la amistad más profunda sea la que nos ayude a descubrirnos del todo a nuestros propios ojos.

UN AMIGO NO se hace porque nos gustaría que lo fuese. No vale empecinarse: un amigo no se hace.

HE CONSERVADO ALGUNA amistad de la infancia, y conservo una media docena de amigos, siete u ocho amigos que a lo largo de muchísimos años se han ido sumando, porque creo que soy una persona muy bien dotada para la amistad. A veces miras hacia atrás y dices: «Caramba, pero si ya son doce, veinte, veinticinco años»; esa es la amistad verdadera, la que va creciendo y creciendo cada año, sin hacerse notar, como una permanencia en la que te das cuenta de que apenas si podrías ya vivir sin respirar ese aire, un aire apenas percibido, como apenas percibida es la respiración; «respirar, invisible poema», que decía Rilke.

LA AMISTAD ES a veces súbita, como es a veces súbito el amor; a veces, lenta igual que el hermoso césped de aquel inglés que daba su receta: «Muy sencillo: se siembra, se riega durante tres o cuatro siglos, y ya está.» No se improvisa. Nada avanza por saltos, más que el canguro, en la Naturaleza. Cualquier avance requiere confirmación...Y un día caes en que, desde hace años, hay junto a ti tres o cuatro personas inamovibles, imperturbables, a las que ningún seísmo, ninguna ruina, ningún fracaso alejarán.

NUNCA ES CIEGA. Abnegada, resistente, rotunda, definitiva, pero no ciega. De ahí que la decepción y la traición del amigo sean heridas incurables. Porque en la esencia de la amistad están la libertad y la fidelidad, y, al hundirse en ella, se hunden nuestro punto de apoyo y nuestra idea del mundo.

LA AMISTAD NO es la ausencia de datos en contra, de enconos, de reproches. La amistad es un sentimiento positivo: tanto, que puede fácilmente hacer la digestión de todos los reproches, los enconos y los datos en contra. Pero hoy, a tal meticulosidad, a tal persistencia, a tal desinterés del sentimiento, se le llama ya amor.

CREO QUE SOY muy amigo de mis amigos.

EL HOMBRE QUE no consigue, antes o después, amigos es alguien que no tiene amistad que ofrecer. Ni lugar en que florezca, ni simientes, ni atención delicada, ni largueza de sí. Lleno de él mismo, no le cabe otro más. No es apto para ese otro alto sentimiento (el más alto de todos, más aún que el amor, por su desinterés: lo que da la amistad lo da a fondo perdido; el amor cobra réditos) que abrillanta la vida, y por el que un hombre verdadero es capaz de morir.

LAS MUERTES QUE me han tocado más, han sido las muertes de la amistad, porque incluso la muerte de aquel amor mío largo ya me rozó cuando se había transformado casi en amistad, y su falta fue ya como perder una referencia, la carencia de alguien a quien referirme con su nombre, de alguien a quien llamas por teléfono y sólo tienes que decir: «¿Qué tal?», porque conoce tu voz. Las muertes de la amistad son muertes muy dolorosas, porque se convierten en un dolor sordo, pero siempre presente, por mucho tiempo que pase.

LA AMISTAD HE aprendido que es como la protección que usan los trapecistas: una red que nos da inmunidad y nos sostiene...

LA AMISTAD ES como un amor recién nacido. Cuando crezca, y el tiempo es la sola prueba de la amistad, sabremos hacia qué punto desea mirar. Hay amores que nacen ya grandes, como Atenea nació ya adulta de la cabeza de Zeus; otros nacen pequeños, vacilantes. Necesitan ser auxiliados por el brazo o la fuerza de alguien. En ese apoyo consiste precisamente la amistad.

NO SÉ SI te has parado a pensarlo alguna vez, Troylo, pero qué cerca están los sentimientos de amistad y de amor. Vosotros, los perros, sin daros cuenta, cuando queréis a una persona hacéis, provocados por vuestro cariño, los gestos del amor. Os lleva confundidos, en esos casos, al amor la amistad. Pero nunca al contrario. El amor, en vosotros, es una necesidad pasajera; la amistad, permanente. Sin embargo, el hombre es un animal de celo perpetuo. Para él es más difícil distinguir. Sus diccionarios —los míos— aseguran que la amistad es un afecto puro y desinteresado; y que el amor es la pasión que atrae un sexo hacia el otro, o el afecto por el cual busca el ánimo el bien verdadero o imaginado, y apetece gozarlo. Ya lo ves, como siempre: los diccionarios se pasan o no llegan. La verdad es que llamamos amor a demasiadas cosas. O quizá a demasiado pocas. (Hubo un hombre respetable —el del amor platónico— que estimó que el amor era el deseo de engendrar en la belleza. Platón no amaba, en consecuencia, tan platónicamente.) Yo creo que el sentimiento del amor sí es puro como el de la amistad, pero no desinteresado.

LO QUE CORRIENTEMENTE se llama amor no es *desinteresado:* persigue una posesión en exclusiva. Ya su primer peldaño, su timbrazo de alarma es sentir un interés muy especial por alguien. De ahí que la pareja en que no exista, sosteniéndolo todo, la amistad, esté expuesta a graves intemperies. La amistad debe, como una hermana mayor y más sensata, corregir los bandazos un tanto caprichosos e incomprensibles del amor. (Amor que perdería sin esa libertad de movimiento una de sus esencias: la inseguridad, del riesgo, la exigencia de un cuidado diario y minucioso.) Por desgracia, no existe ninguna sociedad de seguros que garantice la permanencia del amor: en definitiva, lo que pretenden los enamorados es conseguir un fondo de compensación. Tampoco existe una sociedad que garantice la permanencia de la amistad, pero porque no es imprescindible: los préstamos de ella son a fondo perdido.

EL AMOR MÁS alto a que puede aspirar el hombre es uno que estuviese hecho de amistad y erotismo al mismo tiempo. El hombre es como arena y se lo lleva el agua. Es una rama que ajetrea el viento. El hombre no es dueño de instalarse y quedarse a vivir en el eros: es un nido demasiado alto, donde no se respira con soltura. Lo erótico es algo místico, un don no rehuible ni asequible en sí mismo; dura un momento; es transeúnte. A nadie se le puede exigir andar con los brazos en cruz y los ojos en blanco: es el mejor camino para la costalada. Nadie puede vivir sólo en éxtasis, sólo en tragedia, sólo en trance, sólo en rapto. (Ni los españoles, Troylo, a pesar de nuestra vocación, y de las aptitudes y del secular ejercicio que tenemos.) De ahí que entienda yo que la amistad es la parte del amor que ancla lo erótico en lo cotidiano; que vincula lo milagroso —el milagro no tiene día siguiente— con lo real; que crea la continuidad de un sentimiento reduciendo su infinitud a límites domésticos. La amistad es la parte diaria del amor, el cañamazo donde se insertan —incomparables, pero también improrrogables— sus bordados.

FRENTE A LA irresponsabilidad de lo erótico, frente a su aislamiento, a su unicidad, a su absoluto presente —sin pasado y, ay, sin futuro también—, la amistad es la parte del amor que se apea del éxtasis, que subsiste a las visiones del Sinaí, que no se ciega ante la deslumbrante luz de Eros. De no existir ese soporte amistoso, el amante se despeña y, si sobrevive, olvida. Olvida para poder sobrevivir.

LA AMISTAD ES un amor imperfecto porque le falta lo erótico. El eros es un amor imperfecto porque le falta lo amistoso con su firme y sosegada lealtad.

EL AMOR ES una amistad con momentos eróticos. Sobre esa mesa de la amistad podrán ponerse multitud de objetos, bellos o menos bellos; pero sin la mesa todo se vuelve añicos.

LA AMISTAD NO es una asignatura del amante. El amor siempre rompe: al llegar tanto como al irse. A sangre y fuego entra; a sangre y fuego sale. ¿Y las reiteradas promesas de eternidad? Alguien cree en ellas mientras las pronuncia; el que las oye, no. Teme que no. Y una noche le asalta la sospecha de haberlo vivido todo ya, de que asiste a una quinta o sexta representación, y es además mentira.

SI EL AMANTE es al mismo tiempo amigo, es la perfección. Es la perfección, que después de haberte causado un daño terrible como amante, esa misma persona te ponga la mano en el hombro para consolarte como amigo. Sólo el amor consigue que el hombre se siga perfeccionando. No sólo el amor de pareja. Hay otros amores y me parece que el amor sigue siendo el motor del sol y de las demás estrellas.

LOS AMANTES HABLAN muy poco, yo creo que se tendrían que sentar un ratito cada día, a contarse sus quejas y a intentar comprenderse. Siempre creo que falta esa estricta comunicación de los amantes. Muchas veces tenemos amigos, confidentes con los que tenemos más confianza que con nuestro propio amor; yo lo he hecho, a mí me ha pasado. Es imprescindible hablar, hablar, hablar de todas las miserias, para que el amante nos conozca como el mejor de los amigos, si no, no cabe la amistad, que es un sentimiento en el que tú te apoyas, precisamente cuando estás más desvalido y cuando te sientes menos brillante. Cuando estás brillante y maravilloso tienes a mucha gente a tu alrededor. En eso pasa como con la novia del torero, que en realidad quiere que éste quede mal en la plaza, porque cuando queda bien hay una multitud rebullendo en la habitación del hotel, y todos se lo disputan, pero cuando queda mal, está ella sola, consolándolo y apoyándolo. Me parece que, en ese sentido, todos deberíamos ser como la novia del torero.

EL AMOR NOS altera y nos enajena —es decir, somos otros y estamos vendidos—, no somos dueños de nosotros mismos; pero en la amistad, sí. En ella, cada uno con libertad se otorga.

¿ES QUE NO cabe una amistad auténtica entre un hombre y una mujer? Claro que sí, y es señal de madurez el hecho de mantener relaciones, que serán sin duda sexuadas, sin resonancias genitales. Lo que sucede es que la imagen de la mujer se ha manipulado: se la hace objeto de apetencia, o se la idealiza como virgen simbólica: o Eva o María, y la realidad de la mujer se desvanece por esos dos escapes. La polarización separada de los dos sexos ha dado, a la cultura dominante, la ocasión de asignar a la dominada un papel inferior y subordinado. La lectura de los padres de la Iglesia es, a este respecto, muy ilustrativa. Lo de san Agustín resulta sangrante: «Si la mujer no fue creada para ayudar en la creación de hijos, ¿para qué fue creada? ¿No es mejor para convivir y conversar la reunión de dos amigos que la de un hombre y una mujer?»

A VECES EXIGIMOS de la amistad o del amor, cuando se nos manifiestan veladamente, que nos brinden una tangibilidad, una verosimilitud sin fisuras. Y quizá la amistad y el amor también lo desearían: comparecer con naturalidad, visibles y concretos. En ciertos casos así ocurre. Sólo luego, quien los percibe, comprende que vio una fantasía, una fugaz presencia... Acaso personas supuestamente reales, con las que nos encontramos en el curso de nuestra vida, no sean tan reales como las creímos. Tal vez estemos relacionándonos con seres incorpóreos con idéntica habitualidad con la que unos a otros, de carne y hueso, nos tratamos...

EN EL AMOR y en la amistad y en la paternidad existen dulces grados de subordinación que exaltan nuestra vida y la decoran.

Amor-Dádiva

EL AMOR ES una necesidad y un clamor. No es un trueque, sino una dádiva: un regalo recíproco que hay que agradecer siempre, aunque nos deje; una locura, porque no tiene propósito, ni útil, ni concreto; un viaje del que es posible no regresar jamás; una duda en la que no caben cálculos, ni comparaciones, ni exigencias; una incesante falta de certeza; una batalla íntima que ha de reñirse sonriendo día a día; una mar siempre recomenzada.

EL AMOR NO es ir a la guerra, no es una obligación. El amor es un don fortuito que aprovechamos o no.

UN HOMBRE PUEDE esforzarse por conseguir el éxito, el triunfo, el ideal; puede sacrificarse por cualquier ambición y conseguirla. Pero el amor es un regalo siempre: se nos da, y nada más. No se conquista, no se merece, no se arrebata. Y los afortunados han de ser cuidadosos.

EL AMOR NO se paga con el olvido, pero tampoco sólo con el amor. Se paga reflejándolo, devolviendo la riqueza con que nos inundó y sus brillantes réditos.

EL AMOR MÁS verdadero —verdadero son todos, o ninguno, y espejismos son todos, o ninguno— jamás consistirá en un foso que aísle; jamás será una reducción del universo al incomparable tamaño de unos ojos. Sería como usar unos prismáticos por el extremo inadecuado. El amor no empequeñece, amplía. Como las bolsas mágicas de los cuentos, no se consume por mucho que se saque de él.

EL VERDADERO AMOR, no el amor propio, es el que logra que el amante se abra a las demás personas y a la vida. No agobia, no aísla, no rechaza, no persigue: acepta solamente.

SI NO ASPIRAMOS a la utopía, ¿cómo nos vamos a mover? Si ya empezamos transigiendo, eso se convierte en una especie de salsa mayonesa, que nos ayuda a tragarnos una serie de patatas cocidas, que de ninguna manera nos tragaríamos sin esa salsa, que claro, no es más que salsa mayonesa... Yo aspiro a que el amor sea otra cosa. A que el amor sea redentor, multiplicador, enriquecedor, a que verdaderamente aspire a mejorar el mundo, porque lo habita mi amor, en cuyos ojos yo veo el mundo. Yo he aspirado siempre a eso.

SI SE DIJO, y me parece un hermoso mandamiento, ama a los otros como a ti mismo, es preciso que cada uno se ame a sí mismo, que cada uno goce consigo mismo, que cada uno se conozca y se trate íntimamente. Si no, no podrá amar a los demás. La individualidad va a veces contra la especie, pero la especie es la absoluta protagonista de todo. Y no la amaremos si no nos amamos lo suficiente.

LA ÚNICA MANERA de amar al prójimo como a uno mismo es caer en la cuenta de que el prójimo es uno mismo.

Todo el que ama busca su destino
en aquello que ama, y una tarde:
«Ya he llegado», se dice,
«descansaré sobre estos labios». Pero
hay un bosque de cedros intangibles,
del que desciende un tenebroso río
a través de cuarenta lunas, y al que
sólo puede volverse
cuando nos llega el sueño y nos dejamos
llevar por él, perdidas las palabras.

Clama el destino por el horizonte,
siempre a punto de estar.
Cumplido y no comunicado, hecho
y haciéndose, al igual
que su hermana la muerte.
Pues no es ella el destino, sino que

de él nos exime y pone
su buen punto final en nuestros ojos.

Nosotros somos el destino: no
se compadece el ser ni se acompaña
la soledad con otra soledad.

Quiere el amante a sí reconocerse
en el amor, igual que en un espejo,
sin saber que él es otro espejo en manos
de otro amante, que a sí mismo se busca.
Estrangulamos pájaros, leemos
entrañas de corderos, descubrimos
señales en la córnea de las víctimas:
la sangre nos redime de la sangre.
Pero ¿quién nos redime
del Enemigo íntimo, de ese
cuya presencia es
la terrible esperanza?
Su faz sobre los lienzos recibimos
ignorando su porte y estatura,
y hay una zarza ardiendo
sin consumirse en su mirada, como
arde la muerte en aras del amor.

Distráese el amante y vuelve a veces
la cara hacia lo que ama y se recrea,
deshabitado pecho,
en su calor, mientras las ramas últimas
de los cedros conmueve el aire frío.

Con su mordaza nos impide el beso
deshacernos de la áspera palabra
y romperla en mitad de la alta noche.
¡Ah, qué dulce es morir, qué blando tálamo!
Así vamos, la venda ante los ojos,
hacia el rostro inmortal del Enemigo,
que nos espera, eternamente ahora,
debajo de los cedros.

CÓMO SE VUELVE de explícito el evangelio: después de que hayamos cumplido con nuestro deber, hemos de confesar: somos siervos inútiles, sólo hicimos lo que ya teníamos obligación de hacer... Es el mandamiento nuevo, tan duro de cumplir. Amaréis a vuestro prójimo como yo os he amado a vosotros: ni siquiera como a vosotros mismos, sino como yo os amé, es decir, dando la vida. Y no el que dice «Señor, Señor», entrará en el reino; de ninguna manera, sino sólo el que cumple la voluntad de Dios, que es aquel amor a muerte. De ahí que tú tomes por mí la apariencia de esclavo y te acerques con la desnudez de la eucaristía. Comunica a mi alma el don de la desnudez y el despojo total...

LA MUERTE NO es el problema esencial de la vida. Amar a los hombres —siempre el amor, siempre el amor—, sean jóvenes o viejos, no es contemplarlos en su cruz de dolor, y alentarlos advirtiéndoles que el dolor es sagrado porque Jesucristo lo santificó y lo bendijo, y porque bebió hiel y vinagre en el tormento. Amarlos es procurar, por todos los medios y con todas las fuerzas, desenclavarlos de la cruz y abrazarlos estrechamente en la alegría...

AMAR A LOS hombres en Dios es algo que seca la boca. Es igual que masticar un estropajo: llega a estragarte toda y a parecerte duro y sin vida lo que haces. Porque ser creyente no depende de tu voluntad: es un don; pero ser mejor sí depende de ti. Y ocurre que Dios es, como se dice hoy, mediático. No hay de qué sorprenderse: por eso se encarnó. Y no se sube directamente a él, salvo los místicos, y aun ellos... Has de mirar siempre a tu alrededor: el dolor está ahí, ahí están alineados los lechos de los desvalidos. «Yo soy el desnudo, el preso, el hambriento, el enfermo, el anciano...» Lo demás son entelequias. Nuestros semejantes son la experiencia física de Dios: no hay que amar a los hombres en Dios, sino a Dios en los hombres. Hay que dejar un poco al del sagrario, que ya tendremos la eternidad para contemplarlo, por el que sufre y clama y pide compasión y se debate y es pisoteado... La oración y la devoción no pueden recortar las alas a la caridad: ella es la mejor devoción y la oración más honda. Hace tiempo que dejaron de gustarme los santos levitantes; ahora prefiero a los aterrizados. Porque Dios son los otros.

ERA HACEDERO COMPROMETER la vida entera con una decisión sin el menor fundamento objetivo. Ahí estaba el amor. Y ahí estaba la fe, por ejemplo, que nos saca de nosotros mismos y nos arroja fuera de todos los caminos. Contra las concepciones tradicionales, en las que Dios no se manifiesta sino en el poder y en la gloria; a favor de una concepción de Dios que consista en la humillación, para tener amor al humillado. Sólo así adquiere todo su razón verdadera. Indemostrable, pero verdadera. Una afirmación sin pruebas, o sea, sin el menor fundamento objetivo... La desesperación de la fe está ya en las afueras de Dios. Exactamente igual que sucede con la desesperación del amor, que se entrega sin esperanza y, no obstante, recibe a cambio todo...

CREO QUE VIVIR para los demás nos hace ser más grandes, nos hace crecer. A mí me parece admirable esa posición, ya venga por un concepto religioso bien entendido o venga por un concepto idealista. Pero en este momento los ideales no sirven para nada, casi nadie tiene ideales, todo se ha hecho egoísta y se ha empequeñecido. La vida la estamos viviendo en calderilla, cada vez más.

«EL QUE NO AMA está muerto», dice san Juan, y creo que, si no amamos a los hombres a los que estamos viendo, que son como nosotros, que podemos alargar la mano y tocar esa frontera de la piel, que podemos mirarnos en sus ojos, adivinar su gesto y su alma, si no los amamos, ¿cómo vamos a amar a Dios a quien no vemos? Dios es el resumen de todos los humanos: su fuente y el mar que los recibe.

ESTA CERTIDUMBRE DE que la música está en vosotros y a la vez por encima de vosotros, debería obligaros a ejercitar la virtud de la docilidad ante la vida. De la vida sois utensilios y enseres: no es vuestra, sino vosotros de ella... Mantengo la esperanza, sí, lo repito, mantengo la esperanza de que, por el camino luminoso de la música y de las otras artes, un feliz día comprendáis los hombres que sois todos de verdad hermanos, que sois todos un eco de la inaudible voz del cosmos, un compás de la total melodía, un ritmo o una estrofa o quizá un silencio, porque sin silencio no existen los sonidos de la armonía universal... Es esa fraternidad y esa generosidad y esa hermosura lo que, con todas mis fuerzas, deseo para vosotros...

Sé que lo que determina el acto de servicio no es lo que hacemos, sino la dimensión desde donde lo hacemos: lo que se haga por temor, por ejemplo, nos separará de los demás aunque les seamos beneficiosos; pero lo que hagamos desde nuestra plenitud siempre será servicio, hasta en nuestro favor... No sólo hay que hacer lo que se ama, sino amar lo que se hace. La significación última no se halla en ninguna experiencia externa: es la premisa de vivir y de obrar en el mundo sin pertenecer al mundo.

Dar. No importa lo que des, ni a quien lo des; importa dar. Cuanto más te entregues, más tendrás... Igual que en esas bolsas inagotables de los cuentos... Si no tienes a alguien a tu lado, comparte con las cosas, con los animales, con la tierra o el aire. Y no esperes que nadie te dé las gracias: dalas tú a todo...

A VECES ES más fácil dar el amor que recibirlo. No obstante, es necesario ser amado…

NO DEBE PREGUNTARSE si va a gustar o no, a ser amado o no. Pregúntese si puede amar usted; si es capaz todavía de la generosidad y la sorpresa y el desvalimiento en que el amor consiste. Sólo se tiene de verdad lo que se ama y lo que se da; ser amado es una consecuencia.

LA CARIDAD ES lo que aglutina todo, el puente que une acción y contemplación, cielo y tierra, Dios y nosotros… Ocúpate de amar. No preguntes más veces cuál es tu camino, o si es acertado el que sigues. Ama. Ama y haz lo que quieras. El amor es la perfección de la ley, la norma de la vida, la solución de todos los problemas, el camino exclusivo de la santidad. Más aún, *es la santidad.* Porque se muestra terrible en sus exigencias, y no te consiente hacer tu voluntad sino la de Dios, que es quien gobierna y rige vida y muerte. Si esa alta voluntad te asignó a los ancianos, cúmplela, y desentiéndete de lo demás, hasta las últimas consecuencias… Si te llamase a fundar una familia, carga con esa cruz en medio del mundo, no lo dudes; allí hallarás la paz. Donde no halles paz es porque no está la voluntad de Dios.

HABLAMOS DE CARIDAD, nosotros, los humanos, y no se nos quema la lengua. Y es que hablamos de caridad y amor en calderilla.

CUALQUIER COSA QUE se haga en caridad allana y apresura el camino de la perfección.

SÓLO EL DOLOR purifica el amor y lo hace gratuito. Quema tú lo que no es más que amor propio. Sin la cruz no existe redención. Separa el amor del gusto, de la sensibilidad, del sentimentalismo... Hasta que ya no seas capaz de amar las cosas por cálculo y no aspires a otra recompensa que amar. Esa es la lógica de Dios: a todos les da un denario, tanto a los madrugadores como a los rezagados. Dichoso el que entiende tal lógica una noche antes de morir, porque entonces habrá entendido el reino.

QUIZÁ EL PURGATORIO sea sólo eso: querer remediar, sin conseguirlo, el no haber realizado un acto de amor, perfecto a ser posible.

EL PURGATORIO ES la imposibilidad de volver atrás para enmendar el haber perdido la ocasión de un acto de amor; no poder hacer ya lo que antes se pudo y se debió haber hecho. Cuánto tiempo pasará para borrar el desamor de aquella negativa, para probar la madurez que nos abra las puertas del reino. Somos tan vanidosos y egoístas que tomamos por vida este estado de hombres y mujeres, que impide la renovación en la caridad partícipe de Dios. Ella representa el verdadero *eritis sicut deos* del demonio en el paraíso. Seréis como dioses. No es el bautismo lo que eleva a un estado sobrenatural. Hay que progresar más; el proceso es la vida, y en él es el amor lo que nos diviniza...

A FUERZA DE renuncias, de penitencias y de abdicaciones, el alma llega a decir como el fariseo: «Señor, te doy gracias por no ser como los demás.» Nos creemos superiores: desvirtuamos la bondad, y nos enorgullece y nos sirve de veneno. Invertimos el deseo de santidad: ya no es amor, sino ambición de reconocimiento; no caridad, sino egolatría. Y por eso se hacen en apariencia locuras por amor, y se recogen la orina y la saliva de los viejos. Es el camino del dolor el que nos salva del egoísmo revestido de santidad: aridez, amargura, insensibilidad, aspereza, tiniebla... Ni la generosidad ni la oración consuelan: han perdido su norte. Reveses, desilusiones, enfermedades, vejez, desamor humano: todo lo que se le dio a Job...

HAY QUE SEGUIR sus pasos (Jesús), ser víctima verdadera. Subir por la cuesta del dolor y dejarse caer del otro lado en brazos de los hermanos; de todos, pero primero de aquellos de quien tengo más queja. Si en el pretorio de Pilatos, Jesús se hubiera vuelto contra el soldado que lo abofeteó diciéndole: Pero ¿tú sabes quién soy yo?, no habría habido redención. *Cómo se esconde la divinidad.* Sufrió y calló. Ahí está la novedad de su amor: en la contradicción que siembra en el alma del hombre. Si amáis a los que os aman, ¿qué mérito tenéis? Si hacéis bien a los que os lo hacen, ¿qué mérito tenéis? Amad a vuestros enemigos y haced bien sin esperar nada a cambio, y seréis hijos del Altísimo, porque él es bueno con los ingratos y con los perversos... Así las cosas, no son ya sufi-cientes ni la verdad ni la justicia. Se nos está invitando a ir mucho más lejos por el insondable camino del amor.

QUERERLA (SANTIDAD) SIN sufrir es imposible. El cora-zón amante desea compartirlo todo con el amado. Él lo es todo y lo puede todo. Y tiene derecho a nuestros sacrificios, porque se entrega al alma que se abandona a él.

Cuando a la medianoche
la luna se enrojezca,
de amor me colmarán remotas músicas.
Cabrán dentro de mí todas las cosas
a medianoche, mientras
las flores más recientes se deshacen,
y subirá el amor hasta mis labios,
subirá hasta mis ojos,
cuando se inutilicen las palabras,
y mezcle los paisajes,
y a las estrellas dé
los nombres del recuerdo.
Pues yo soy sólo mi recuerdo y
un fervor violento,
como un pájaro atado a mis muñecas.

Buscarte y no encontrarte, mi Enemigo
íntimo, es el amor,
a esa hora en que el alma ignora aún

si ha de venir mojada del orvallo,
y la hermana Ana, el alma por los ojos,
desde la almena otea la venida
del auxilio postrero.

Quizá sea la paz cerrar los párpados
y renunciar a lo que no fue mío:
un aire por el aire. Quizá sea
la rosa verdadera cualquier rosa.
Repitan los amantes entretanto
su tierno adiós, anhélense uno a otro,
uno en el otro: sólo yo no encuentro
espina que oprimir, dolor que amar,
alianza en que morir gozosamente.

Tú estás conmigo, pero yo voy solo.
Tan dentro estás de mí que no pronuncio
más que tu nombre y como de tu boca,
pelícano purísimo,
alción de mis tormentas.
Pero alargar las manos es perderte.
Querer ver es no ver. Y tú preguntas
por mí en tu reino cada tarde, y llamas.
En lo que no soy yo te busco y, sin embargo,
eres yo mismo: mi arca, mi abandono,
mi búsqueda de ti,
oh pan de cada día,
más mío que mi carne
y mi hueso emboscado.
Todo es cadena, pero tú me arrastras

a la vertiginosa
quietud en donde moras,
a lo hondo de mi casa, a la recóndita
cámara, en que me esperas coronado,
sol del sol y modelo de jardines,
para enredarme con el gesto en que
se olvidan de sí mismos los amantes.

TODO AMOR VERDADERO creo que es amor del Dios del que yo hablo: es amar en un ser el acto que lo creó; resumir la eternidad en cada instante.

NO TEMO A Dios, ni hay que temerlo. Pero no porque lo haya amado o lo ame lo suficiente, sino porque él sí me ama a mí lo suficiente.

Él sabe que el amor no es una obligación: es un ofrecimiento. De ahí que se revele no a los sabios y a los fuertes, sino a los menudos y los débiles; no a los virtuosos y a los fariseos, sino a los publicanos, a las putas y a los recalcitrantes; no a los poderosos, sino a los niños y a quienes se les asemejan...

EL AMOR DE Dios dentro de nuestro corazón es Dios.

Dios tiene faces incontables:
este universo es la que más ha amado:
el corazón de los hombres y los pájaros...

Amor-Dádiva

Si Dios nos ama, ¿qué hacer más que reír?

Nuestros labios no saben
más que mentir: no les preguntéis nada.
Decimos «atardece», y es que vemos
al amor escapando entre los árboles.
Vivir es una lucha abierta y cumple
el que vive su sino
contándose las llagas
al sol. Herir, herir y que nos hieran.
No hay mañana ni hay bosque compartidos.
Todo es hoy y en otoño:
esa fiera palabra
que desgarra la risa
del saduceo.

Y dónde estás entonces,
amor, tú, muerte, tú, Enemigo íntimo,
cuando corre la arena
por los dedos del tiempo
y está lejos el mar; cuando a otra boca
atempera el rocío codiciado
y la cruz se levanta
bajo la unción del plenilunio. Porque,
si hay un país después, después de todo,
en que enrojece la amapola, dinos,
tú, amor, tú, muerte verdadera, dónde

se encuentra para entrar y conseguirlo,
para encenderlo, arrebatarlo, hendir
y gustar sus inmensos oquedales.

Pero nuestros labios sólo mentir pueden
y los oídos nuestros
no pueden soportar más que mentiras.
Tómanos ya, amor y muerte, aplasta
el delicado vaso del engaño.
Agita la almenara de tus cedros
sobre las sombras que nos deslumbraban.
Posee, destroza, recupera. Ven.
Ya cesa esta minúscula comedia,
y aún no están aprendidos los papeles.
También el dolor cesa, mas la herida
perdura. Me recorre
una helada pasión los huesos. ¿Eres
tú al fin? Te sé. Te espero.
Omnipotente llegas,
dueño de mí, mi dueño, dueño mío.
Llegas atroz, blanqueándome la sangre.

AVENTURA

¿QUÉ PUEDE DEFENDER de sí mismo un amante? El amor no podía seguirnos: jadeaba. Hacíamos lo imposible por no mudar el decorado, siendo así que los que mudábamos éramos nosotros. Confiábamos a ciegas en la inercia del amor. Como si el tiempo fuese una garantía, como si la duración lo protegiera, como si el amor y la aventura se distinguiesen por la estabilidad y la constancia y no por lo que está debajo de ellas. Como si el festín del amor no fuese como el Dios, en donde no se come sino que se es comido...

EL AMOR OBRA como si fuese a ser eterno —*sub specie aeternitatis*— y lo es mientras dura; la aventura no se hace tal propuesta por largo que sea su reinado. El amor es generoso; la aventura codiciosa y sedienta. En el primero, alguien se juega en su totalidad; en la segunda, sin jugarse, alguien gana...

LA AVENTURA ES lo contrario del amor, pero no por determinadas circunstancias externas, sino por la propia esencia del sentimiento. En la aventura existe una urgencia de aprovechar, de exprimir un sentimiento parecido al amoroso, pero que no es el amoroso. El amor, en cambio, es más generoso y la aventura es contraria a la generosidad. Sin embargo, una aventura puede durar muchísimos años y un amor muy poco.

EL AMOR ES un sentimiento y la aventura un sucedáneo manufacturado por alguien para complacerse o complacer a otro.

EN LA AVENTURA no se expone nada. Se expone en el amor. De la aventura nunca se sacan heridas. Es mucho más superficial.

LA AVENTURA ES la que estropea, el amor enriquece... La aventura, si se emprende desde un punto de vista únicamente placentero y superficial, con el consentimiento del otro, puede resultar una cosa divertida, pero a la larga puede engañar el sentimiento amoroso y llegar a conformarnos con la aventura...

NO QUIERO TENER amores de una noche. No quiero la aventura, porque no sacia la sed, da más sed. En este momento, yo volvería al amor, pero volvería de una manera un poco especial. Esas parejas que andan como en una burbuja, aisladas por un foso del resto del mundo; esas parejas que lo primero que se compran es un confidente de dos asientos y un juego de café con dos tacitas me parecen absolutamente imbéciles. Comprensibles, porque en amor todo es comprensible, pero no me gustan. Yo ya necesitaría, con la persona amada, un proyecto en común; un proyecto en común en el que no interviniesen sólo el *tú* y el *yo,* ni el *nosotros,* sino que el *nosotros* abarcara también al *ellos.* Yo sólo puedo hablar de un amor mucho más grande. Todo lo que he hecho hasta ahora son ensayos; ensayos malos, por otra parte.

BESO

«Beso», leí: «Acción de besar.» «Tocar alguna cosa con los labios contrayéndolos y dilatándolos suavemente.» ¿No tiene, en medio de su sobria gelidez, cierta grave contaminación erótica? Ese respiro, ese jadeo, ese movimiento que la definición implica, son desde luego afrodisiacos. Parece no referirse sino al beso de amor. Y hay, sin embargo, tantos. Porque supongo que el beso, en nuestro campo cultural de occidente, se ha hecho instintivo. (Nuestras naciones se besan en la cara una, dos, tres veces. En algunos países te dejan con la boca colgada cuando la tiendes para el segundo beso; y en otros, al retirarte, topas con el interlocutor que se disponía al tercero.) Con frecuencia es un saludo, un rito desprovisto —como casi todos— de calidez. Se besa mucho al aire, ante el temor femenino, tan justificado, de mancharnos de pintura las mejillas. Pero, de pronto, el beso se produce con la fragancia y el gozo de una flor, de una impávida flor que levantara con alegría su cabeza.

El beso es precioso en todo caso. Que hombres y mujeres alarguen los labios como en un puchero infantil, y los despeguen luego produciendo un leve sonido, es tan bonito; da tanta confianza en los valores casi póstumos de la humanidad. Estrecharse la mano no está mal, pero recuerda la comprobación del desarme, que es un asunto no de los más sinceros ni oportunos. Prefiero el beso. Me escribe una amiga gallega que el beso espontáneo de un niño es augurio de larga vida. Y limpia las negativas influencias anteriores; mientras que, si es forzado («dale un beso a este señor. Te digo que le des un beso. Será antipático este niño. Dáselo. ¡Dáselo!», y sobreviene un cachete y un beso *malgrè lui)*, significa un presagio oscuro, que se elude soplando en seguida dentro de las manos unidas a manera de copa. Y me escribe que el beso correspondiente a un regalo, si se da antes de desempaquetar éste o entre tanto, es inane; pero si se da después de verlo, el regalo sella con él un nuevo y firme lazo. Y me escribe que hay un beso maléfico, venga de quien venga: el que da alguien que está detrás. Es signo de traición, no hay medios eficaces contra él; es el beso de Judas. No obstante yo descreo del maleficio de los besos. Mala, quizá, la intención del que brinda una rosa, no la rosa.

LAS LENGUAS HACEN el oficio de los cuerpos enteros: los mismos gestos con igual resultado. El beso es el auténtico don de lenguas. No sé de otro más claro.

¿SOY YO EL que descubrió que en un beso cabe el mundo con su cohorte de albas y mediodías, de dulzuras y aflicciones?

LOS GESTOS DEL amor, salvo cuando se pone bestia, son seductores. Hay quien opina —Pierre Louÿs, entre otros—, que, cuanto menos penetrantes, más humanos. Se trata de una publicidad del amor lésbico, que se reduce —según él— a caricias y a besos. La caricia, en efecto, es un prolongado y hermoso viaje. Uno siente bajo su mano, bajo sus piernas, el frío y fuerte hueso del cuerpo que ama; nota que se estremece y se despliega, lento como una corola. Pero el beso da un paso más, dentro de ese territorio ofrecido. El beso lo humedece, lo impregna, deja su blando e imperioso rastro en él. Y, al llegar a la boca, se instala allí poderoso y absorto; dialoga allí, en el lugar que le estaba destinado. Porque, diga lo que quiera Pierre Louÿs, el beso en la boca es una forma de penetración: la más individualizada; en las otras, si somos francos, caben menos innovaciones personales.

NO ES LA literatura lo que hace al beso codiciable. La literatura, si no radica en la realidad, es una simple caroca que el instinto deshace en un momento. A mí, la literatura no me habría impulsado a demorarme tan breves y gustosas medias horas, por la boca de nadie, en una ocupación insustituible, donde las lenguas sin hablar se entienden, se acomodan, descansan y se excitan, se entrelazan, resbalan, barruntan el próximo deseo, se adelantan, se adormecen, se trasponen de gozo...

NO BESA QUIEN quiere, sino quien sabe. Hay mucho mastuerzo por ahí y mucho zambordón. Gente con la lengua nerviosa y agitada, que no comunica sino ganas de concluir el acto de una vez. Porque, ¿es por casualidad el beso un aperitivo en el amor? Quizá, pero se corre el grato riesgo de que sea tan abundante el aperitivo que no se necesite comer más. O tan satisfactorio y pleno, que el resto de la comida se reduzca al postre (por llamar, de alguna manera no lesiva, a la culminación). Mucho me temo que la gente joven empiece —no sólo una comida apresurada y suelta, sino a comer en general— por el postre. Y entonces, ¿qué viaje de regreso se requerirá para darle sustancia al aperitivo y al consomé y al pescado y a la carne siquiera? El beso es una toma de medidas, que puede transformarse en la toma de la Bastilla. Quien no lo sienta así, que prescinda de él y se dirija a la guillotina simplemente.

EL BUEN BESADOR prefiere no ejercer a ser besado mal, con prisa y sin ninguna gracia. (En el *Guinness,* el libro de los récords —donde cabe tanta tontuna humana y tanto erostratismo—, hay besos que han durado dos o tres días. Eso no es ya que sea besar sin prisa: es confundir el culo con las témporas, o un nardo recién abierto, con una enorme fábrica de flores de plástico; eso es una sinécdoque; es un allanamiento de morada; es un embargo judicial; es un inventario de odontólogo; es la versión en frío de lo delicioso, como un escaparate de ropa interior; es una marranada.)

Los besos nunca cumplen
las cosas que prometen.

LOS BESOS DE las películas son excesivamente largos y excesivamente profundos para mí.

CARICIAS

ACARICIAR. CON LOS ojos, con las manos, con los labios. Es una inacabable asignatura, un luminoso diccionario, una caligrafía insustituible. El hombre fraternalmente acariciado, el amigo que se apoya en el hombro del amigo, el semejante que besa al semejante. Como se huelen dos perros uno a otro, pero con un significado más fecundo: una efusión de paz, de alegría recíproca, de ruptura de la agresión y de la soledad, de reconocimiento. Porque acaso sea cierto que estamos indefensos y a la intemperie y deprimidos, pero nos sentiremos mejor si nos sentimos juntos.

EN LOS CAMINOS del amor, he observado que cuando las palabras no bastan, comienzan a actuar las caricias, las miradas, los besos...

NO HAY DETERGENTE mejor que las caricias, salvo que haya una herida, por muy cicatrizada que parezca.

... centelleante y barroca
igual que una caricia bien urdida.

LAS MANOS. El secreto está en ellas. Qué expresión sobre la frente ajena, sobre el cuello, los hombros, el brazo, la cintura... Pero hemos rebajado la caricia al masaje. Acaso porque, pagando, nos da menos vergüenza que alguien aborde y roce nuestros límites. Olvidamos que nacemos envueltos en la piel, expuestos dentro de ella; que padecemos hambre y sed de piel.

LA PEQUEÑA FELICIDAD de ser acariciada por los dedos que acariciamos; de ser besada por los labios en que podríamos beber un poco de inmortalidad; de ser aniquilada y asumida por un cuerpo con alma, que es más nuestro que el nuestro; de aprenderse de memoria y recitarlos, como si se tratase de un paisaje de la infancia, cada facción de un rostro, cada pliegue de unos brazos o unas piernas, cada dureza de unos dedos o de las palmas de unas manos, cada arruga, cada comisura, cada brillo, cada poro; de tener la seguridad de salvarse si es que la salvación es necesaria para alguien ya salvado, cuyos huesos exultan y exultarán al vernos en las ásperas afueras de los cielos...

LA MODERADA FELICIDAD de que nuestro amante nos tome de los hombros o pase su mano por nuestra cintura, y que ésa sea, más que una manera de poseernos, una manera de entregarse, de proclamarse sólo nuestro delante de la gente que trata de ser libre y de exigir con libertad la libertad...

EN EL AMOR, los dientes me dan miedo.

MIS HERMANOS MAYORES, por riguroso turno, cumplieron la gloriosa obligación de dar cuerda al reloj. El que estudiaba fuera pasó al que se quedaba el testigo. No creo que yo los envidiara, más bien me invadía una incolora admiración y la vaga zozobra de saber que a mí no me iba a tocar nunca. Tenía doces años. Un día, sin que nadie lo evitase, el reloj se detuvo. Era un jueves. Yo regresaba con cierto retraso. Nuestros relojes personales no importaban: importaba el del cuarto de estar. Corrí por ver si su hora me era más favorable. Antes de verlo, oí el silencio. Sentado a la mesa, solo, mi padre me miró como si me esperara.

—Tienes que darle cuerda.

—¿Yo?

—¿Quién, si no? Ahora te toca a ti.

Fue entonces cuando comprendí que, lo mismo que el reloj, mi corazón se había parado. Quise explicar que era un niño; que no sabría; que era expuesto poner algo, tan venerado y significativo, en unas manos infantiles. Quise explicar... Mi padre había acercado una silla bajo el reloj. Me ayudó a subir. Con gestos heredados, sin una clara conciencia de lo que hacía, con la confusa precisión de un sonámbulo, alcé los pequeños ganchos, abrí la tapa, tomé la llave de la cuerda.

—¿No lo vas a poner primero en hora?

—Prefiero darle antes unas vueltas, no vaya a ser que la sonería esté agotada. Se ha parado a las 11 y son las 10.

—Muy bien pensado.

Sentí cómo su mano, que me sostenía en la silla, me palmeaba el muslo derecho. Fue la última caricia infantil que he recibido. Cuando descendí, nos miramos a los ojos. No nos dijimos nada. No era preciso. Mi padre y yo sabíamos que nos estábamos mirando de hombre a hombre.

CUANDO EN UN cine ponen en marcha el fumigador de ozonopino, siempre hay en la fila 17 dos personas que se aprietan las manos.

EL CINE FUE la ocasión de mis primeros roces amorosos, que me empujaban el corazón a la garganta sin dar explicaciones; la ocasión de vivir junto a alguien una historia de amor, aunque no fuese la inexistente nuestra. Ante ella el alma del niño permanecía sobrecogida, abrumada por las interminables peripecias, compatriota de los vencidos inocentes, compadecida de los atormentados, iluminada por una idea noble.

CELOS

SUPONGO QUE EN todos los idiomas del mundo se ha dicho que *no hay amor sin celos*. Sin embargo, pienso que ahí se emplea el término en una medida tolerable y sensata. El amor siempre quiere para sí, no comparte, es una forma de avaricia, posee con exclusión de los demás. Sí; pero hasta un cierto —o peor, un incierto— punto, sobrepasado el cual se está ya a la deriva. Ya no hay razones, ya no hay porqués, ya no hay fundamentos. Me sorprende que alguien aconseje a un celoso diciendo que no tiene motivos para serlo. Naturalmente que no: los celos son así; cuando hay motivos ya se llaman cuernos. Ahí está lo estremecedor de esa pasión, tan injustificada, tan subjetiva, tan montada en el aire, tan en el filo frío del cuchillo.

LOS CELOS, ESE temor de que la persona amada mude su sentir, son una pasión en todos los sentidos de la palabra: padecimiento, y estado pasivo, y perturbación del ánimo, y afecto desordenado, y preferencia muy viva por otro, y afición vehemente. En todos los sentidos.

Los celos al amor le sientan bien. Son como lunarcillos que se ponen a la cara del amor y que lo agracian. Es natural que se sienta siempre una inseguridad, que se sienta siempre un temor, un temblor, porque aquello pueda desaparecer, porque le vayan a dar a uno sentencia de cruz cuando llegue la mañana.

El dolor más irremediable lo producen en el amor los celos retrospectivos. Quién besó la boca que nosotros besamos; de quién fue la mano que, antes que otras, se introdujo en los escondidos rincones donde aletea la dicha; dónde va su memoria cuando el amado se disipa y no escucha lo que le decimos; de quién era la nuca que, por primera vez, obligó hacia su pecho... Nadie es capaz de destituir ese pasado pétreo, grabado como un destino en las facciones que nos atraen y que a otros antes atrajeron.

Quien pueda aparentar que no es celoso, debe hacerlo. Lo más recomendable es considerar el amor como una batalla diaria con sus estrategias y sus tácticas. Aunque para hacerlo bien hay que mantenerse un poco frío, y eso resulta difícil. Lo habitual es dejarse llevar por el torrente de los celos y perder los papeles.

Un corazón de piedra no es capaz de celos; una certeza excluye el insufrible columpio de los celos, su vaivén amarguísimo, su inhabitable vacilación.

LOS CELOS NO son producto de la inseguridad en uno mismo ni en la otra persona. Los celos salen como los granos, sin avisar. Yo soy celoso, exclusivista, y posesivo.

HE ESTADO A punto de que me mataran en un ataque de celos.

YO, QUE COMPRENDO casi todo lo humano y me intereso por todo, ¿cómo no iba a sentirme atraído por el rojo capítulo del crimen pasional? Pero ¿es sólo por celos por lo que el amor, encargado de dar la vida, mata a veces? ¿No será por algo más, casi en todos los casos? No ya por la sospecha o la duda de perder lo que necesitamos para vivir, sino por la privación de ello: por la privación continuada de ello. El dolor de amor es como un incesante participio agente: una instancia perpetua. El crimen pasional no es casi nunca una venganza —o, al menos, no hay que verlo como tal—, es un gesto instintivo: como un parpadeo con el que se protege de una mosca el ojo; o un gesto de defensa propia, sea legítima o no, como el de extirparse la vesícula o cortarse una pierna gangrenada. Dentro de la perturbación del dolorido, nada más lógico ni urgente que eliminar la causa. Como sea. Con la muerte también. Porque la muerte es, por lo pronto, un dolor mucho más natural que el del amor. La muerte está ahí, es algo: un hecho fijo, concreto, odioso, por el que se puede llorar de un modo comprensible, a cuya vista se puede hasta morir de un modo respetable. (Hay dos etiologías del crimen pasional —temo que sean las más españolas— que no respeto: el amor propio, que convierte en asesinato una querella, y el *punto de la honra,* que convierte en venganza un desengaño. Los dos son posteriores a la pena; no sienten pena ya, porque actúan en frío.)

QUE SEA ASESINADA una mujer cada cinco días por su compañero (?) sentimental (?) clama no sólo al cielo, sino a todos los ciudadanos. La intimidad no puede encubrir la muerte. El amor no es una excusa homicida.

El amor no es un celoso
que pone en ascuas el aire
que acuchilla los donaires
y echa cerrojos al sol.

Corazón

Es hora ya de levantar el vuelo,
corazón, dócil ave migratoria.
Se ha terminado tu presente historia,
y otra escribe sus trazos por el cielo.

No ha tiempo de sentir el desconsuelo;
sigue la vida, urgente y transitoria.
Muda la meta de tu trayectoria,
y rasga del mañana el hondo velo.

Si el sentimiento, más desobediente,
se niega al natural imperativo,
álzate tú, versátil y valiente.

Tu oficio es cotidiano y decisivo:
mientras alumbre el sol, serás ardiente;
mientras dure la vida, estarás vivo.

NADA VALE TANTO en este mundo como el primer impulso de un corazón.

SÓLO A TRAVÉS de tu corazón podrás ver con claridad. Pienso que lo esencial es invisible para el ojo humano... Pasa también con el amor. Se afirma que es ciego, y no es verdad: ve más que nadie. Ve lo amable de una persona, en la que los demás no ven nada que merezca la pena.

DE LO QUE no estoy seguro es de que exista un tratamiento específico para lo que le ocurre a mi corazón. (A mi corazón o a lo que sea.) Los hombres intentamos simplificarlo todo mucho: le hemos echado encima al pobre corazón la carga de los sentimientos por si él ya no tenía bastante con la suya. Si nos escuece la garganta de pronto y nos sube hasta los ojos una niebla de agua, decimos que nos duele el corazón. Si alguien, que estuvo a nuestro lado con la promesa de quedarse siempre —qué lenguaraz y petulante el hombre—, se nos va, decimos que nos duele el corazón. Si nos miramos las palmas de las manos para ver si nos ha nacido verdín en ellas a fuerza de no ser acariciadas, decimos que nos duele el corazón. Si no nos atrevemos a avanzar hacia el futuro, porque no hay nada ni nadie que desde allí nos llame, decimos que nos duele el corazón. Los hombres, en el fondo, lo que hemos hecho es complicarlo todo. Cuando la vida, como una argolla, se nos cierra en torno es cuando hacemos caso al corazón. No le damos las gracias por las risas de otros meses de mayo, por el gozo pasado de ver el mundo nuestro y compartido, por el júbilo de haber adivinado que una noche de agosto se inauguraba, junto al mar, algo muy semejante a la felicidad. Qué descuidados somos. Qué desagradecidos.

EL CORAZÓN ES tardío y no se da cuenta. Llega tarde porque no dormimos escuchando a nuestro corazón, no lo tenemos por almohada, le damos poca importancia, disminuimos sus colores. El corazón, con sigilo a veces, nos advierte de cómo somos, pero no lo escuchamos.

CUANDO UN AMOR nos abandona, le daríamos todo, todo, todo para que no se fuera; pero ¿acaso cuando era huésped nuestro le sonreímos; cuando era imprescindible le dijimos palabras cariñosas, le rozamos la mejilla o el pecho o la cintura, le cedimos el sitio más soleado de nuestro corazón? Qué confuso y reacio el corazón humano, que sólo reacciona bruscamente cuando la última pena se aproxima. Cuánta contradicción entre su mentira y su verdad, su sinceridad y su fingimiento, su atracción y su repulsa, entre la moral conquistada y la moral hipócrita. Qué agria fruta, qué dulce fruta el corazón humano.

EN EL ESPACIO y en el tiempo el corazón humano necesita de límites. Busca *su aquí y su ahora*. Es evidente que el corazón se cansa de amar. Se cansa de sufrir; se cansa de mantener los ojos fijos; se cansa del esfuerzo prolongado y continuo que supone alimentar cualquier fuego sagrado. El corazón no es un atleta.

¿EL CORAZÓN RAZONA? ¿Su sístole y diástole son la leve cesura de algún verso, de algún momento?

Todo el mundo ha experimentado que el corazón tiene razones que la razón desconoce.

El amor es como esos venenos que no inmunizan, sino que provocan efectos acumulativos, y recaen sobre los anteriores envenenamientos, sobre las dosis ya asimiladas, hasta ocasionarnos la muerte. Por qué entonces cuando, después de una ruptura, el corazón se nos queda destrozado, hay unos misteriosos tejedores, unas benévolas monjitas zurcidoras, que van entretejiendo los desgarros, restaurando la urdimbre con hilos sacados del propio desastre, hasta dejar casi nuevo, reconocible, casi idéntico —aunque nunca el mismo de antes—, nuestro corazón. Es decir, lo dejan dispuesto otra vez para ser desgarrado. Vivimos en la sucesión, en el transcurso; vivimos en el tiempo. Tendríamos que vivir en el instante, que es lo único eterno, porque está por encima y fuera del tiempo. Vivimos en la premura y en la necesidad, y la vida es casual y azarosa. Tendríamos, por eso, que *estar* y no que *ser*.

El corazón humano es capaz de soportarlo todo: es capaz de morir y seguir vivo; pero también de morir sin haber vivido nunca.

El corazón es igual que esa cítara, llena de música deseando salir. Alguien llega y la toca... Quien no ame, nunca sabrá la música que llevaba dentro: yo te lo garantizo.

EL CORAZÓN ES en amor igual que un perrillo sordo. Actúa como si escuchase los interiores sonidos registrados que ya dejó de oír, pero que lo acaparan y ensimisman. Si se le grita con mucha potencia, alza los ojos, porque ha escuchado un ruido distinto de los suyos. Y mira con despistada sorpresa alrededor, como un recién despierto que no ha tomado aún contacto con su día, y avanza en un sentido diferente de aquel en que le viene la llamada... Obediente y dócil y humilde como siempre; pero también equivocado como siempre.

EL CORAZÓN, ESE mal compañero.

MI CORAZÓN NO me suele engañar, sino en los negocios del corazón.

EN CUALQUIER EMPRESA en que uno se embarque hay que poner en juego el corazón, aun cuando se trate de un asunto muy lejano a él. Las cadenas del corazón son las últimas que se rompen; son las mejores aliadas para ir contra la inercia y contra la muerte, que son la misma cosa. Aunque una vez se muera, pero sólo una vez y de pasada...

EL CORAZÓN ES también un utensilio de trabajo.

EL PROCESO DEL corazón lleva siempre a ser devorado, y el proceso de la creación lleva a la desnudez. La creación más profunda no es añadir cosas, sino quitarlas.

UN CORAZÓN HUMANO siempre acaba por comprender a otro.

LO QUE OTRO sabe cualquiera puede aprenderlo; pero el corazón —la única posesión verdadera, origen de todo lo demás— no es más que de cada uno.

SE PUEDE FÁCILMENTE detener el corazón de una persona mientras sus labios sonríen.

... el corazón es sólo
un pájaro que llama y que responde.

EL CORAZÓN DEL hombre que no teme es igual que un espejo: no apresa nada, no rechaza nada; todo lo recibe, pero no lo conserva.

AL CORAZÓN NUNCA le importa quién se fue, sino quién vendrá.

ACASO DESDE LA noche más oscura del hombre; desde la hora del hombre atónito, que veía el mundo entero cuajado de enemigos, el latido y los pulsos fueron la seña más segura de la vida. A los enemigos se les arrancaba el corazón; a los amigos, se le ofrecía.

NUESTRO CORAZÓN TIENE algo de reloj: sus sístoles y sus diástoles son como minuteros. Posee su tiempo como poseen su tiempo los relojes.

CÓMO HA CONSEGUIDO el corazón representar lo mejor y lo peor del hombre. Corazón de león, corazón de hiena. Duro, o blando, o noble corazón. Mal corazón o bueno.

EL CORAZÓN DE una mujer nunca envejece. Las diosas no tenemos edad. Lo que pasa es que cuando se pierde la esperanza de ser amada, o de volver a serlo, la vida es una tomadura de pelo...

SIEMPRE LOS CORAZONES con la fecha de caducidad vencida acosan a los que aman y son correspondidos.

LAS ARRUGAS DEL corazón son las más difíciles de planchar...

EL CORAZÓN ES una historia. No se puede romper lo que hemos sido como se rompe un papel de calcar que ya no calca.

Igual que da castañas el castaño
mi corazón da penas y dolores.
El árbol tiene un tiempo para flores;
mi corazón da frutos todo el año.

Hundidas las raíces en tu engaño
crecen sus ramas, cada vez mayores:
ya sólo sobresaltos y temores
lo que fue tantos pájaros antaño.

Cuánto sol cupo en esta fronda impura;
cuánta canción se amortajó en sus nidos;
y, tronchada en agraz, cuánta dulzura.

Cuando piensa en los días abolidos,
mi corazón se agobia de amargura
cargado con sus frutos prohibidos.

CUERPO

Aún queda el sol. Aún hay
cuerpos que, enardecidos, mezclan
sus morenas riquezas.
Aún el verano, vigilante, impone
su monarquía y un olor ileso
en la tarde difunde la memoria
del abrazo y el júbilo.

Alguien dijo: «Paisaje no hay que sea
como un cuerpo. El mar, la flor, el árbol
nunca son más hermosos
que un cuerpo, terso y joven, desplegándose
en busca de caricias.
Desde la tierra, sí, bajo la tierra
viene el reposo; pero
no hay paisaje que pueda compararse
a un cuerpo que descansa y nos sonríe
tendido al sol, desnudo como un cántico,
encima de la tierra.»

MIEL Y LECHE manaban en la prefiguración de la tierra prometida, ¿y qué, sino tierra prometida es siempre el cuerpo humano?

AHORA EL CUERPO es el hombre mismo, la persona misma. Está ahí, erigido, no vehículo ya, sino manifestación de cuanto somos. Sujeto de vinculaciones más o menos hondas, capaz de mejorar o de caer, ostensorio de la vida y la muerte, políglota de todos los lenguajes. No animado, sino forma indefectible del alma. Desde el llanto y la sonrisa, hasta el profundo espejismo del amor; desde los tenues pliegues de los párpados, la boca, las axilas, las ingles, hasta la grácil curva de los pómulos, los muslos o las nalgas. El cuerpo, vuelto a divinizar, es el sostén y el perceptor de la belleza: esa «perfección de la materia», esa «reminiscencia de lo que vio nuestra alma en compañía de un dios, cuando, desdeñosa de lo que ahora llamamos existente, alzó la vista a lo que realmente existe».

EL CUERPO NO se limitaba a ser un elemento de la persona sino que era la persona misma. La anatomía es muda hasta que, sobre su base, se levanta la expresividad más profunda. Por mucho que un médico sepa del cuerpo, y lo saje y lo analice y lo diseccione; por mucho que investigue sobre los ojos o los huesos de las manos, nada sabrá de lo más importante hasta que observe una mirada de ternura o la benignidad de una caricia. No sirven los ojos sólo para mirar ni las manos para asir. El cuerpo es alma cuando está revelando el íntimo mensaje que quiere comunicar. *E incluso cuando no quiere comunicarlo, lo que es más doloroso.*

CADA CUERPO, POR ser alma también, ha de exigir que se le tome en consideración como persona; que el ímpetu amoroso no lo transforme en objeto; que no se le fuerce a bailar sin la música que desea oír. Puede negarse a abrirse. Su decisión la aguardan la excitación a la vez gustosa y lacerante; las tensiones que arrastran; los gemidos y los fruncimientos ambiguos, tan escaso es el repertorio de los gestos humanos; la invasión de las fronteras corporales; la observación de los ritos originarios, que son también divinos, porque la naturaleza es asimismo sobrenatural y contra ella no caben sacrilegios. En cada vello, poro, partícula de piel, pezón, lóbulo, nuca, dedo, uña, comisura, se aposentarán el olvido y el milagro.

SÉ LO QUE es el cuerpo, sé lo que es el placer: no sólo el del cuerpo, porque es en el placer donde más claro está la indivisible compenetración de él y de su espíritu. ¿Cómo dirigirse al cuerpo: llamándolo de tú? ¿Es que no somos él? El cuerpo, mi cuerpo, es yo, y a mí me dirijo cuando le hablo. Y a mí me doy las gracias, cuerpo y alma yo, del placer que sube y crece y me anega y me rebosa y me hace gemir como si de un sufrimiento se tratase.

LA PERSONA NO está compuesta por dos principios, sino que es una unidad misteriosa y profunda. Ni el espíritu tiene un cuerpo en el que se introduce permaneciendo opuesto a la materia, ni el cuerpo es un campo en barbecho que una alma, limpia y depurada, soporta, trabaja, ara y siembra.

EL CUERPO ES el vaso del espíritu, tan venerable como un templo. Es fuente de la vida, no un mero vehículo para la esencia que somos: él mismo es quien somos, aunque no totalmente. Los instintos y los sentidos, al intercambiarse con el mundo que nos rodea, provocan el placer. Y eso no es malo. Lo malo es esta sociedad, tan hambrienta de deleites sensuales que, lo mismo que el glotón devora sin degustar, ha llegado a ser la más antisensual que el hombre ha conocido...

A UN CUERPO completo y sano no debe bastarle la satisfacción de sus necesidades, sino que ha de aspirar, verbigracia, al amor, al beso, a la caricia, que es su más bello modo de expresarse, su mudo idioma natural.

SEA LA BELLEZA lo que quiera —una propiedad intrínseca de los seres, o un producto de nuestra mente que sólo en cada uno de nosotros rige—, es en el cuerpo y a su través donde se asienta y como se percibe. Sea universal y absoluta, o variable y dependiente de nuestros espíritus, el cuerpo es su camino y su posada.

EL AMOR, QUE por medio del cuerpo —de su lengua, de su mirada, de sus miembros— se expresa y se concreta, ¿necesitará siempre la belleza, o él consigue ver más: una que para él sólo se entreabre y se le impone sin posible esquivez? «No la amo porque sus labios sean dulces, ni brillantes sus ojos, ni sus párpados suaves. No la amo porque entre sus dedos salte mi gozo y juegue como juegan los días con la esperanza. No la amo porque su cuerpo sea para mí la única primavera. No la amo porque, al mirarla, sienta en la garganta el agua y al mismo tiempo una sed insaciable. La amo sencillamente porque no puedo hacer otra cosa que amarla.» Y el cuerpo, así, es el que, por la belleza que se levanta como un reclamo, recibe su llamada y la responde. Con la emoción y, a veces, con el sexo.

EL AMOR HA de ser sorpresa; no porque los dos cuerpos sean distintos, sino porque están siempre por descubrir.

AMO, PORQUE FUERON amados, mis ojos zarcos, mis largos dedos, mis manos, mi cintura, mis pechos que no sirvieron más que para el amor; amo mi frenesí y mi estupor, la calidez y la frescura de mi piel cuando aún las tenía; amo cuanto llevo dentro y me sostiene viva y erguida. Y cuando ya no me sostenga, amaré de mi cuerpo lo que quede; amo mis pies, mi cuello y mi pelo y mi rostro porque alguien los encontró hermosos. Pero los amo no porque los vea hermosos yo, ni porque estén bien inventados por su creador y sus evoluciones, sino sencillamente porque son todo lo que tengo. O más sencillamente todavía, porque son todo lo que soy.

CUANDO SE RECUPERA lo que por un momento se creyó perdido, se reinaugura la creación entera. No hay nada deslumbrante como realojarse en un cuerpo, posesionarse de los rincones conocidos, tomar con tus manos lo que soñaste que nunca más tendrías, recorrer con la lengua un territorio cuya propiedad te sigue perteneciendo, apretar con las rodillas unos costados tan deseosos como deseados, perder de nuevo la identidad, y sollozar, sollozar, porque has regresado a casa, y te has introducido en ella, y el dueño en ti, y todo está como antes, como nunca debió dejar de estar.

¿HAY MAYOR INTIMIDAD que la de entrar en el cuerpo que se ama o la de dejar pasar al cuerpo que se ama? ¿Hay una mayor, tremenda, física e incontrastable intimidad? ¿Por qué no tener también esa intimidad racional, esa intimidad cordial de decirse la verdad? A una persona que conoce nuestros defectos físicos, nuestros jadeos, nuestros «gatillazos», nuestra pobreza, ¿qué más da confesarle una pobreza más?

EL CUERPO GUARDA sin saberlo la huella de los deseos cumplidos, y también quizá de los que no se cumplieron y de los que ya jamás podrán cumplirse.

EL AMOR ES lo irremediable; que, por muchos recuerdos que brillaran encima de aquel mantel, los del cuerpo son más indelebles. El cuerpo tiene mucha mejor memoria que el espíritu; tiene siempre presentes y a la mano sus llagas, sus cicatrices, los olores que lo han estremecido, los júbilos que lo han multiplicado, el sabor de alimentos que no sustituirá ningún otro sabor...

LA SEPARACIÓN DE cuerpo y mente, transformando ésta en la luz y el origen de toda inteligencia, es el primer paso hacia el materialismo que lo reduce todo a un bodegón de naturalezas muertas. Cuanto menos contacto tenemos con nuestro propio cuerpo, más nos separamos de nosotros mismos, y nos convertimos en objeto de manipulaciones. El mundo de lo sobrenatural, como el de lo natural, comienza en nuestro mismísimo corazón. No hay que buscar el aplastante equipaje del espíritu divino: nuestro cuerpo es la fuente de plenitud a que tanto aspiramos... La intimidad sexual puede realizar uno de los actos más santos y más herméticos. En ella, la espontaneidad de cada ser eleva a ambos, a través del amor, a la esencia misma del ser, y amplía a cada uno más allá de los límites de sí mismo, lo multiplica, lo empuja a tocar las capas más profundas de la existencia. Sin tal fuerza es difícil, quizá imposible, formar un ser humano completo e integrado. Porque el más alto conocimiento no es el racional, sino el que se adquiere directamente a través de la conciencia, compuesta por la mente y por la carne.

¿CÓMO SUBIR LA difícil escala de lo espiritual sino por los peldaños de besos y caricias? ¿Y qué amor sino el que nos es dado podremos usar como comparación? Quien tenga que pedir perdón al cuerpo nunca podrá elevarse.

Hoy evoco los gentiles
cuerpos que amé.
Las hermosas formas que poseí,
los delicados miembros,
las largas piernas, los musculados brazos,
los tersos torsos que me emocionaron.
Ellos me dieron vida,
intensidad de goce o sufrimiento;
me dieron cuanto le puede dar un ser a otro:
el amor entero como una flor hirviente.
De nada me arrepiento:
yo también me entregaba.
Hoy evoco cuanto tuve y no tengo
en el sosiego que hoy tengo y que no tuve.
Agradezco la generosidad
de aquellos otros cuerpos con en el mío,
y el ardor y la dicha y la esperanza.
Ellos me hicieron como soy.
Fueron caminos para llegar a mí.
Ojalá mi cuerpo les sirviera
también para encontrarse.

DESAMOR

Poema al 16 de Diciembre, Día del Desamor

Fuiste una larga noche de berilos.
Se abrieron a tu paso las colinas
desvalidas, midiendo tu inclemencia;
quebró la verde rama un viento frío;
coagulaste el oriente de las perlas;
apagaste al llegar la adelfa y los narcisos.
A tu presencia, en los pintados techos,
se desmayó el raptor, murió la danza
y dejaron caer su alegoría.
En medio del misterio se rasgó la caoba
del violín
y el desvarío de las cornucopias.
Angustiaste hasta a aquellos que dormían
y soñaban mañanas apacibles.
Encaneciste el lecho de las hullas.
Vertiste en los topacios
una gota de sangre, y el carbúnculo

aún palidece si acaso se te nombra.
Sin voz dejaste al ciprés, desorbitados
los astros, trastocadas las mareas,
tronchada la invencible terneza del gladiolo.

Fuiste un puñal agudo de obsidiana.
Al ciego le encendiste
espinas en los ojos,
y entraste a saco al pecho del amante.
Todo fue amargo. Todo fue terrible.
No comprendió el amor
quién le manchaba el beso de ceniza,
ni las amas de casa comprendieron
quién abatió las lámparas
y en el vasar los platos hizo añicos.
Todo fue como un grito a media noche.
Trajiste por sorpresa la afilada
consigna de prender fuego a los ríos
y atacar por la espalda a la obediencia,
de apuñalar a las palomas,
de hundir, de destronar,
de quedarte de pie reinando en tu tiniebla.
Fuiste el dolor no presagiado, el ansia
de los estrangulados sin motivo,
del barro negreando entre la nieve,
el tapir que destroza la seda de la tarde
con su mugido, el niño ensangrentado...
Hendiste, como un clavo, el corazón.
Como el gélido clavo de la muerte.

EL AMOR Y el desamor, como una antorcha, de mano en mano van, testigos de una alterada carrera de relevos. Así también la vida.

EL AMOR HACE pasar el tiempo, y el tiempo, ay, hace pasar el amor.

EL TÁBANO NO es el amor, sino la desazón que fragua los deseos amorosos; la que va por delante de ellos, sin que su saciedad la satisfaga, porque ella aspira al absoluto, a la última certidumbre que sólo está en la muerte. Con qué terquedad ese tábano me cerca. Esa evidencia de que no me cumpliré sino en el amor que me destroza y que fue gloria mía; en el amor que no me permite descansar, sino que inagotablemente se renueva como un hidrópico que bebe y bebe, y la bebida le acrecienta la sed. Es la insatisfacción permanente la ley del corazón, la ley del tábano, que se levanta sobre una pobreza y un vacío que él, lejos de enriquecer, pone aún más de manifiesto. Yo creía haber llegado a la unidad con Yamam, haber obedecido al destino; ahora veo que sólo era mi destino, no el de los dos; que nunca fui yo el destino de Yamam... Él se ha amado a través de mí, se ha buscado en mí; y yo no me he amado a través de él, sino al contrario, también yo he amado a Yamam a través de mí. Y sólo porque reflejaba —y reflejo— a Yamam, yo me respeto y continúo viva.

¿Cuál es la causa de su desamor? No me hago otra pregunta. Y la contestación, sin embargo, es fácil: él no se entregó nunca a mí, no se entregó del todo en cuerpo y alma, y cuando lo hizo, parcialmente, fue persiguiendo su propia realidad, sin renunciar a ella, sin ahogarla en la mía. Él sigue siendo él cuando yo ya no soy yo. ¿De quién será la culpa? Cuando un amante no obtiene la respuesta que anhela es que carece de la fuerza necesaria para provocar su reflejo en el otro. Es que el otro le es ajeno. O sea, que Yamam me desama no sólo porque no se ha entregado y conserva su ser sin hundirlo en el mío, sino porque la expresión de mi amor es excesivamente posesiva, y lo asusta como asusta a un niño un gigante.

PUEDE AFIRMARSE QUE nada llega de repente. O, al menos, que nada alcanza, de una vez, esa máxima entidad a la que denominamos de una cierta manera, y que sólo unos instantes, con toda probabilidad, conserva los caracteres de plenitud que, en teoría, suelen distinguirla. Por ejemplo: un hombre, la guerra o el amor se van elaborando. Pero, apenas concluidos, comienzan a deshacerse. En efecto, la muerte (considerada no como un estado ni como un acto, sino como una meta) empieza a conseguirse en el instante de nacer, muy poco a poco: desde el minuto que sigue al parto, el ser humano se desvive. Y la guerra, apenas declarada, va ya camino de la paz o viceversa. El amor, de idéntica manera, sólo dura un momento; luego va ya camino del desamor: vuelve el amante al punto de partida, si bien por otra senda. Empezará por sentir un cierto disgusto ante cosas que, días u horas atrás, le habían encantado: el amado —descubre— hace ruido comiendo la sopa, tiene las piernas arqueadas, se ríe a destiempo o de una forma sobrecogedora, etcétera. De ahí que un cadáver, la paz y el desamor tengan también un más o menos largo proceso de formación, y pueda asimismo afirmarse que tampoco aparecen de modo repentino. Lo que es descomposición para un ser es composición para otro, contrario o no... Y así se organiza esa fantástica balanza de poderes que llamamos vida con harta desmesura.

EL DESAMOR COMIENZA a la vez que el amor: con la misma fatalidad que él se desenvuelve, hasta que un día pueden más la deslealtad, las distracciones, los malos gestos, el egoísmo que crecían dentro del admirable fruto como el gusano, que no sobreviene a la manzana sino que dentro de ella nace y se desarrolla.

EL AMOR SE agota. A fuerza de impertinencias, de menudas protestas, de caras largas, de amor propio, de celos intempestivos... el amor se agota. Al que ama muy pocas veces se le pide dar la vida, por su amor, de repente. Tiene que darla día a día, gota a gota, renunciando, negándose. Es un sacrificio menos lucido acaso, pero mucho más útil.

ES LA VIDA la que cambia al amor. Lo gasta, lo pule, lo blanquea: como a un guijarro. Y se lo va llevando la corriente.

[¿CUÁL ES EL gran enemigo del amor?] No es el odio. Es probablemente el desamor. Vivimos en una época de desamor,

en ese limbo que significa el desamor, en esa cámara frigorífica que significa el desamor. Todo le hace la guerra al amor. Todo: las iglesias, los estados, las obligaciones, las ocupaciones, los oficios, el tiempo, las urgencias, las ciudades... Todo le hace la guerra. Pero el amor que, a pesar de todo, triunfe saldrá tan fortificado que será invencible.

QUIEN ODIA A la persona que amó, es que amó mucho. Yo no soy capaz de odiar. El odio es una pasión malgastada. El odio y la envidia creo que son las dos peores pasiones que puede albergar el corazón del hombre. La envidia porque come del envidioso y no del envidiado. Y el odio porque se reconcome él mismo.

LA PLENITUD DEL amor puede llegar a transformarse en un dolor inimaginable y en una humillación por caminos de fraudes, de celadas, de acechos, de adulterios, o puede transformarse en una frialdad positiva, que calcula por fin lo que cuesta y lo que nos aporta; que ve el desequilibrio y aconseja no proseguir un trato en el que perdemos y padecemos más cada día.

EL CANSANCIO MAYOR proviene de sumar todas las desilusiones que nos engañamos al creer ya olvidadas; de acumular todas las desesperanzas a las que cerramos los ojos para fingir que no existieron; de soportar el mundo sobre nuestros hombros, cuya fragilidad pretendimos desconocer.

Desamor

LAS HISTORIAS SIEMPRE tienen oscilaciones frenéticas, pasajes exasperados en los que uno lo que quiere sobre todo es herir, degradar a su compañero, dañar a su pareja. No ser compadecido por ella sino para suscitarle remordimientos. Exhibirse como un malvado que todo lo habría previsto, por lo que, al cumplirse sus calamitosos vaticinios, se satisface con aquel terremoto que pone patas arriba el amor y sus incomprensibles consecuencias. Ser hasta cierto punto dadivoso, pero sólo para humillar al otro enfrentándolo con nuestra bondad. Tachar de interesados y de viles todos los trámites de acercamiento que el otro emprenda. Echar en cara las caricias, calificándolas de vías de ganancia. Recordar las fragantes palabras que un día nos susurraron, como si hubiesen sido ganzúas con las que un ladrón abre la caja de caudales y se apropia de su contenido. Considerar la ternura del otro, si es que se reconoce en él la posibilidad de la ternura, como una enredadera que intenta apuntalarse indiscriminadamente para trepar y para medrar... Y es que ser cruel con quien se ama es una póstuma y aborrecible prueba de amor. Ninguna indiferencia invita a la maldad.

Y hacer todo esto, por si fuera poco, reñir este aleve combate, con la mirada puesta en la reconciliación inflamadora, hacia la que de ninguna manera se está dispuesto a dar el primer paso, pero a la que se impele a quien se ama para subrayar nuestra magnanimidad al perdonar, y a la que se arrastra al otro con nuestra violencia, para descreer después de sus buenos propósitos. Y para recaer así en otra nueva, apasionada e igualmente falsa reconciliación... Porque en el amor todo se repite infinitamente y todo es al mismo tiempo irrepetible, en cuanto ha de ser cumplida cada estación del camino, sin límite mi llegada alcanzable. Cada fragmento, cada día, cada hora, cada viaje de Sísifo, cada carga de agua de la crátera de las Danaides, cada picotazo del águila de Prometeo, cada ansia de Tántalo, cada giro de la flameante rueda de Ixión.

El dolor es un lujo a nuestro alcance. Pero unas veces por falta de imaginación y otras por un alucinado temor que nos protege, no avanzamos lo bastante por los caminos suyos. Y perdemos con ello. Se nos quedan numerosos paisajes, desolados o pobladísimos, densos o diluidos, por conocer; numerosas facetas de nuestros amantes que habríamos podido amar o detestar, pero que en todo caso habrían formado parte nuestra, y que nos pasaron inadvertidas; numerosos aspectos de nosotros mismos que siempre ignoraremos si no abordamos la ruta del conocimiento que es el dolor; numerosas reacciones y tesoros y facciones de nuestra alma que jamás se nos manifestarán porque sólo ante la lámpara de Aladino del dolor y su aplacada luz, igual que ciertas aves ante la peculiar luminiscencia de la noche, se manifestarían saliendo de sus nidos. Sucede como con el amor que se hace muy deprisa y no nos conduce a una mayor sabiduría de la persona amada y de sus disponibles territorios.

El dolor es luminoso también, como el amor.

¿Por qué imaginamos que cada amor trae su dicha bajo el brazo, su verano y su sol, aunque cada nuevo amor traiga un poco menos? ¿Por qué, en cambio, la pena de un amor que concluye se multiplica por las de todos los que lo precedieron, como si las desdichas antiguas tornasen despacito a sangrar? ¿No es eso lo que a mí me ha sucedido? ¿O quizá es que he sido cobarde en el dolor tanto como en el gozo? Se amortizan los júbilos a fuerza de no consumarlos hasta la última gota; resucitan las penas cuando no las asumimos hasta el fondo, porque en realidad nada se tacha: huimos del dolor, y lo llevamos dentro, o la grupa del caballo en que pretendemos alejarnos. El dolor es la mitad de la vida. Si renunciamos a él, estamos renunciando a la pasión, temiéndola antes de que se instaure; estamos renunciando a la vehemencia y a ser la palestra de todas las batallas. Y sin batalla vehemente —yo lo sé: he sido su juez, su testigo y su parte— no hay victoria. No gana nunca el que da agua para que le den sed, el que da amor para que le correspondan. Hay que aprender en la propia carne, con los ojos abiertos, que todo lo importante de este mundo, cuando se tiene de verdad es cuando se busca, cuando se canta de verdad es cuando se pierde.

LA SOLEDAD DEL que está solo no es la peor, porque aún le queda la esperanza; pero a la soledad del que está acompañado por quien no le corresponde, sólo le queda la desesperación. No es posible conquistar a quien ya es nuestro, a quien nos obedece con sumisión y afecto, pero con un afecto que no es equiparable al que nosotros requerimos. El amor seguramente no es más que un deseo, y el placer seguramente no es más que un alivio del dolor que ese deseo nos produce; pero cuando el deseo no se sacia, sino que se multiplica, el dolor, en lugar de calmarse, crece hasta hacerse irresistible. Es una hidropesía en la que el agua da más sed; en la que se bebe a conciencia de que es en vano todo, y de que el mal está dentro del hidrópico mismo, y de que hasta el beber es ya también un daño, quizá sólo inferior al que nos produciría el no beber.

HOY NO ESTOY ya seguro de que el tiempo transcurra y de que no seamos nosotros los que en él nos movemos con torpeza. Quizá me conviene pensar así, no sé. Hay momentos que, si se intenta repetirlos o volverlos a gozar y sufrir, aunque sea sólo en el recuerdo, desaparecen por completo como si no hubieran existido jamás. Mientras vivimos el presente no lo percibimos. Igual que, si miramos un rostro desde demasiado cerca, no podemos abarcarlo entero: vemos arrugas que de lejos no veríamos, o el matizado color de los ojos, o la implantación de las cejas, o el sabroso alabeo de unos labios; pero ¿es eso un rostro? Es preciso que el presente se transforme en pasado y que nos distanciemos de él para entenderlo. Y entonces ya no existe: es sólo una turbia fuente de recuerdos, una baldía tentativa de resucitar lo que murió. (Lo que murió quizá con la esperanza de que nosotros, al evocarlo, estemos también muertos.) Pienso si la muerte no será un largo día de hoy construido con todos los días pasados, con todos los antiguos días ya inmóviles, ya explicables, y ordenados igual que en un tapiz los hilos, cada uno por fin en su lugar. Si hoy presto oídos, escucho una música que viene de muy lejos, del pasado también, de cuanto ha muerto, de horas y signos distintos a los de hoy, y de otras vidas. Quizá la nuestra —y nosotros mismos no somos otra cosa que ella— no sea más que tal música. Porque todos fuimos alguna vez mejores, o más felices y más dignos. No obstante, toda música cesa. Hasta en nuestro recuerdo toda música cesa.

EL AMOR, CUANDO concluye en una quiebra fraudulenta lo mismo que un contrato, es un hueso muy duro de roer.

CUANTO HOY SÉ del amor es que se acaba. Y se lleva consigo, de un tirón, tanta entraña. (Decimos que nos duele el corazón.) Porque es un absoluto: lo toma todo o lo pierde todo. En él no hay compasión, ni piedad, ni ternura: eso son sentimientos periféricos.

NO FRACASA EL amor, sino este amor, o aquél.

SE REPITE EL amor, y el desengaño; se repiten los nombres y la historia; se repiten las voces y el temblor de las voces... Cada vez cree el amante que con su amor va a inaugurar el mundo. No es verdad. No es verdad... Todos formamos parte de un tapiz, cuyo revés no vemos, que unas manos —lejanas y amorosamente— van tejiendo, anudando, perfilando... La muerte es el final de la aventura y el amor es tan sólo una débil manera de sofocar el grito...

ACASO LA VIDA y el amor consistan sólo en esto: en morir

poco a poco, hasta que acaba su eco. Y nuestro eco se acaba, como el del amor y el del álamo, después que nuestra vida...

¿MUERE CADA UNO cuando muere un amor, y renace con otro? ¿Es el amor lo único real —cuanto él tañe y teje y elabora—, y lo demás está configurado con la materia de los sueños? ¿O es todo lo contrario? No lo sé. Sintámonos o no, lo cierto es que morimos.

CUANDO UNA PERSONA desaparece, cuando ya la intensidad del fuego que te contagiaba y que te quemaba, disminuye, uno debe morir. Uno debe morir. Se debe pasar, sin dudarlo, del amor a la muerte.

El amor es igual que un cigarro
que acompaña y da olor al arder.
Si se apaga, mejor es tirarlo:
nadie puede volverlo a encender.

POR FELICES QUE nos consideremos, cuando el amor nos ciega y nos asume, lo cierto es que, por detrás de todo, nos encontramos sumamente tristes. Y que, por si fuera poco, nos demos cuenta o no, tenemos que morir.

No salva el nombre; no condena el nombre. Ni nuestra decisión de no talar la vida sirve, sonada ya la hora, para nada. El desamado por la vida, muere.

La muerte acaso no sea una enfermedad incurable que consista en hacernos invisibles; quizá se salga de ella y se regrese. ¿Por qué va a ser la muerte lo único inmortal? Cuántas veces, cuando el amor flaquea y se distancia, recurrimos con el pensamiento a la muerte como el más riguroso punto final, el más irrebatible desahogo. Y, no obstante, la muerte de quien amamos, para ser en verdad eficaz, no sólo tendría que apartarlo del mundo, sino que tendría que matarlo asimismo dentro de nosotros. Si no, a pesar de todo, estará más vivo que nunca, puesto que ya sí que nos pertenece por entero sólo a nosotros, sin fisura ni escape; puesto que ya sí se ha quedado fijo como en una fotografía, y es más que nunca producto de recuerdos, lo mismo que una ruina de nuestra propiedad en la que ahondamos sin tregua y en la que la memoria es capaz de encontrar, por imprevisibles pasadizos, innumerables posibilidades de dolor.

No hay que corregir los gestos de la vida, ni sus aparentemente —sólo aparentemente— bruscas decisiones. Para ella, nuestras muertes y nuestros desamores son sucesos triviales. No se hunde el mundo. Seguimos afeitándonos, comemos, escribimos... Con un poco de esfuerzo, está bien, pero continuamos afeitándonos; sin gana, sí —¿para quién?—, pero seguimos escribiendo y aprovechando que tenemos un agujero en mitad de la cara para echarle comida. Seguimos asistiendo a vagas reuniones; con el pensamiento en otra parte, sí, pero seguimos. Acudimos a citas de trabajo procurando que nadie se dé cuenta de que no estamos allí, de que nos hemos quedado absortos delante de aquella puerta que se cerró. («Adiós, Troylito»...) No se hunde el mundo, si de eso afirmamos que no es hundirse el mundo. Una tía mía, muy mayor, solía asegurar que no le importaba morirse en absoluto, pero que desearía que, al mismo tiempo de morirse ella, se terminara el mundo. Muy generosa, como ves. Y, sin embargo, quizá eso es lo que pasa. No pondría yo la mano en el fuego para probar que, si se cierra una puerta —aquella puerta—, el mundo sigue andando. Lo que sucede es que tenemos miedo a hablar como en los tangos.

QUIZÁ EL DOLOR sólo es dolor cuando nos mata. Y el amor quizá sólo cuando mata es amor.

Me clavó bien, al hueso, las esposas.
La mordaza anudó, las ataduras,
porque, sabiendo cómo estaba a oscuras,
maneras no me tuvo más piadosas.

A quien sonría amor, hable de rosas,
que no tengo yo voz para blanduras.
Llegó, venció, sentí sus mordeduras,
cayó la sangre en pérdidas gloriosas.

¿Dónde hay amor aquí, o estas fervientes

prisiones son amor y estos mil fuegos
que me amargan la miel, trizan mi trigo?

No es niño amor de aljabas inocentes,
ni el ciego es él: nosotros, sí, los ciegos,
que llamamos amor al enemigo.

CADA AMOR NUEVO tiene una zona de agresión distinta.
Yo tengo cicatrices de heridas que todavía no he recibido, fíjese hasta qué punto me anticipo a las puñaladas amorosas. Es como si le diera pistas al nuevo amor sobre dónde están mis puntos débiles.

MÁS DURO TRABAJO y más costoso aún el amor que el desamor: el desamor concluye en un vacío, y el amor concluye en el desamor, cuando concluye.

Hoy vuelvo a la ciudad enamorada
donde un día los dioses me envidiaron.
Sus altas torres, que por mí brillaron,
pavesa sólo son desmantelada.

De cuanto yo recuerdo, ya no hay nada:
plazas, calles, esquinas se borraron.
El mirto y el acanto me engañaron,
me engañó el corazón de la granada.

Cómo pudo callarse tan deprisa
su rumor de agua clara y fácil nido,
su canción de árbol alto y verde brisa.

Dónde pudo perderse tanto ruido,
tanto amor, tanto encanto, tanta risa,
tanta campana como se ha perdido.

CUANDO EL AMOR se rompe, nos acribillan sus filos y desangran.

Dice el amante en el amor palabras
que no entiende, mentiras
con que procura defender el brote
de su esperanza, rehecha en cada hora.
Antes de que el amor
desenmascare a su voracidad
y en litigio se exprima la mandrágora,
del todo y para siempre
piensa nacer. Pero hay una sonrisa
por el aire que sabe la verdad.
No es el tiempo el que pasa,
sino el amante, y dura
la promesa tan sólo
el instante que dura su expresión.
No somos dueños del amor, ni puede
el éxtasis morderse como un fruto.

Vuelve el amante en sí
y de su vieja soledad recobra
los fatales rincones. Le sorprende
el despreciado intruso
que a hurtarle vino su abundancia, y odia
la mano que hace poco reclamaba.

No somos dueños del amor: amamos
lo que podemos, pues la muerte y
el amor no se escogen. Presentimos
que los raudales de la soledad
volverán a correr aún más copiosos,
pero intentamos destronar la muerte
con el beso. Y en tanto
besamos, se nos vuela la mirada
hacia lo nuestro, que es el desamor
y su cierta inminencia.

Busca el amante introducirse en
el oculto recinto del amado
para salir del suyo y olvidarse.
Busca otra soledad y no la encuentra,
porque es la soledad el amor mismo
disfrazado de carne y de caricia,
alzando su clamor en el desierto.
Nada puede librarnos
de este ajeno enemigo,
sino la luminosa muerte, donde
el fuego nos asume, recupéra—
nos la quietud y en el silencio se hunden

las promesas de eterno amor. La muerte,
cuya serenidad
detiene la aventura enardecida
o el sonámbulo intento
del que ama. La muerte, cuya cera
no se funde al ardor de los abrazos.

CUÁNTO AMOR, CUÁNTO, ha de haber por el mundo con la etiqueta de un nombre colgada, como en una consigna de estación, sin dueño ya, flotando para siempre. La propiedad de ese amor ha prescrito.

EL FINAL DE un amor lo desgarra [al hombre], sobre todo por lo que tiene de propiedad cesada, de reflejo y de eco cesados. Pero si ese amor era más: un proyecto interminable, un mundo nuevo, la luz nueva del mundo, y se concluye sin el comprensible seísmo de la muerte, el ser humano se anonada, porque no es sólo el amor, sino su entero mundo el que se tambalea, en el que se desespera y en el que ya descree; no es que quede imposible para el amor en adelante, sino para la vida y la fe en ella...

Y ESE OTRO póstumo sufrimiento: el de saber que un día olvidaremos. Qué pérdida de nosotros mismos, qué desperdicio, qué dilapidación. ¿Cómo empezar a vivir otra vez? ¿Y para qué? ¿Para que vuelva a repetirse la misma historia de la muerte? Creo que estoy amedrentado. Creo que estoy sellado y amedrentado. Cuánto olvidé, cuánto olvidé…Y también para olvidar tendríamos que olvidarnos de todo: de nosotros mismos incluso, de lo que fuimos y cómo fuimos, de los libros leídos en común, de las canciones escuchadas…Tendríamos que empezar a imaginarnos de nuevo, a solas, el atardecer, el olor de los jazmines, el sabor de las fresas —como un anósmico, como un agéusico, como un ciego y un sordo—, la transparencia del topacio, la queja de los mirlos, la densidad de una cala o de una caracola, el ponderado tacto de los lirios…Todo a solas, todo, igual que un niño al que se le hubiese arrebatado lo más suyo, que es la esperanza. Comenzar a vivir, lo mismo que Lázaro, con la desfallecida experiencia de la muerte.

A VECES SE nos cae el alma al suelo, y no conseguimos encontrar la gana de agacharnos a recogerla. Sólo tenemos la vida necesaria para darle de comer a nuestra muerte, para mantener viva nuestra muerte.

Hoy se queman los últimos recuerdos
en un atardecer de antiguas llamas.
Voces que no entendemos nos advierten
de lo que no entendemos y nos mata,
mientras la luz a su cubil retorna
póstuma y delicada.
¿Qué hacer teniendo manos todavía?
¿Esperaremos otra vez el alba,
o dejaremos que la luna venga
a llenarlas de nuevo de fantasmas?

Hoy la ciudad parece, con la lluvia,
una mano cerrada.
El ayer reverdece en la memoria
debajo de la acacia,
y el beso que nos dieron a su sombra
los labios nos abrasa.
Quién abriera paisajes
donde olvidar el alma...
Hay flores en el aire
que olvidan dar fragancia:
va envejeciendo mayo
y son ya todo filo las espadas.

Corazón, nos hirieron, nos hirieron.
Ya no nos queda nada
que dar, que recibir, que arrebatarnos.
Hemos oído tantas
frases de amor que ahora
se nos desploma sorda la esperanza...
Hoy se queman los últimos recuerdos
y se dicen las últimas palabras.

ESCUCHÉ DENTRO DE mí cómo se cerraba una puerta. No,
no recordada los embelesos vividos —me llevaba a mí mismo la contraria, lo sé, pero no los recordé aquella noche—,
ni la dicha que corta la respiración, ni el deleite de la entrega absoluta. (¿Cuándo había sido absoluta mi entrega?) Recordaba sólo los embelecos, las deslavazadas agonías y las muer-

tes, como si el caudal del amor fuese sólo un cúmulo de desastres y de inmisericordias.

ENCIERRAS EL AMOR en un libro y gritas «ya soy libre». En vez de ir al psiquiatra, escribes una novela y sus páginas se convierten en un muro de las lamentaciones donde depositas los desastres.

HAY PERSONAS A las que un día amamos y que aún conviven con nosotros. Diariamente nos alargan una taza de té, nos dan las buenas noches, nos quitan una mota de la solapa; pero no son las mismas que un día amamos, o nosotros no somos los mismos, ni a nuestros ojos ni a los suyos. Son del pasado ya, no nuestros. Ni nosotros, de un instante para otro, somos nuestros.

Nos ilusiona a veces un reencuentro. Nos acercamos a él por las verdes esquinas que solíamos. Procuramos caminar de igual modo, mirar de igual modo, sentir lo que entonces sentimos. Es inútil: ya no somos los mismos, los que éramos. O, lo que es aún peor, cada uno ha leído el pasado común de una forma distinta. Es decir, ya ni siquiera fuimos los que fuimos. Hermético, el pasado nos rechaza: no hay reencuentro, no compartimos nada. No hoy sólo, ni siquiera ayer. Y cada cual se lleva lo que aportó, aunque no como lo aportó, sino gastado y desteñido, lo mismo que un regalo que alguien no aceptara y la lluvia y el tiempo ajaron luego.

EL AMOR ES eterno mientras dura. Es una afirmación de los amantes, de la vida, del mundo que inauguraron, que comparten, que gozan. Cuando el amor se va, nosotros somos otros: miramos de otra forma, entrecerramos de otra forma el libro que leemos, escuchamos de otra forma la música, aguardamos la muerte. Cuando el amor se va, nos deja moribundos de nuevo. Los que fuimos, los amantes que fuimos, se van tras el amor a esa provincia, melancólica y sólida, *donde habita el olvido...*

El amor es un indiano
que va y vuelve;
que va rico y vuelve pobre.
Pero en donde amor ha habido
no puede caber olvido.

EL AMOR NOS arrebata el tuétano y los huesos, nos invade lo más hondo de lo hondo. Y al acabarse, nos desahucia sencillamente de nosotros mismos. Tendríamos que amar sin una idea preconcebida de lo que esperamos a cambio de nuestro amor. Tendríamos que amar sin esperanzas, gratis, como los niños, que esperan no un juguete, no un caramelo, no, sino sólo todo: la vida. Y resignarnos a perderla luego. Pero no estamos hechos para eso. Estamos hechos para sobrevivir.

EN EL AMOR hay siempre un amo y un esclavo, y, cuando el amor subvierte las posiciones de la realidad, todo lleva más deprisa al fracaso. Ahora sé que la vida no es esto, ni aquello, ni mi vida, ni la de otro cualquiera, sino un todo, y cada uno ha de responder de ese todo, que es lo que la hace avanzar. Sin embargo, entonces yo sólo tenía ojos para mi amor. Los tenía vueltos hacia el interior, de modo que era imposible fijarlos en otro sitio que en mi propia herida por la que respiraba, y los avatares del Reino, tan decisivos de lo que vino luego, no conseguían despegármelos de allí. Porque, cuando uno ha llegado al amor, bueno o malo, y ha bebido y jugado con él, y ha sido acribillado por él, y alguna vez se ha reído, por sorpresa, mientras convivía, ¿adónde ha de mirar?

LA VIDA ES como un tigre donde vamos montados. Al primer titubeo, caemos y el tigre nos devora... Somos como el caballo de los picadores a la hora de la pica; lo que tiene que hacer antes de que le den una cornada es sostener a alguien, que no es siquiera su amo y a quien no ha visto nunca... La vida es una historia que siempre acaba mal... Si al menos fuéramos libres de acabarla junto con quien amamos...

La música, arrebatada, asciende,
se desgrana y se abate lo mismo que una lluvia...
Habla de llantos solitarios,
de amores no correspondidos,
de amenazas y de abandonos,
de borracheras y de retos...
Y vuelve y vuelve a hablar
de llantos incurables,
de heridas empapadas...

Nunca jamás un puro macho lloró tanto
porque lo desamara una mujer.

CASI EN TODAS las vidas hay un amor imposible, o debe
haberlo.

La tierra se lamenta dividida
buscándose, buscándose. El amor
nada resuelve, porque
no podemos amar perfectamente
ni suficientemente. Gira el astro
y el amor no consigue: impulsa. Toda
la tierra es una mano que suplica
otra mano.

NADIE TIENE POR qué satisfacer los ideales de nadie: el
amor ideal es nuestro peor enemigo, porque siempre deja mal
a los otros.

NO, NO ES ciego el amor, qué va: nos ciega a nosotros. Es
un prestidigitador que nos levanta en el aire... Un tapiz vola-
dor, una cinta rodante, un balancín donde estamos solos.

TODO AMOR ENGAÑA. Engaña hasta cuando dice la verdad, porque la dice para no ser creído. En el amor no hay

sinceridad consciente. Los amantes mienten, pero también se mienten; pretenden confundir y se confunden. La verdad, en el amor, no los utiliza a ellos para aparecer, sino que usa otros caminos más sutiles, más indirectos y ajenos que sus sinceridades... Quizá el amor nace sólo para engañar. El sexo, sin embargo, es natural, evidente y sin recámaras: él no sabe mentir... ¿Y las mujeres que, por dinero o por amor, simulan orgasmos? O sea, ¿todo engaña? Sí, quizá todo.

LA FIDELIDAD NO es nada costosa. Uno tiene lo que tiene y lo disfruta, lo posee, lo acaricia, lo abraza. No va a mirar para otro lado. Está pleno en eso, porque el amor es la búsqueda de la plenitud. ¿Por qué va a ser infiel? Cuando empieza la infidelidad es que empieza quizá la cuesta abajo del amor; una cuesta abajo que se inicia, probablemente, antes de lo que creemos. Decimos: de la noche a la mañana el amor se terminó. No. Empezó a terminarse mucho antes: con una mala palabra, con un mal gesto, con un silencio, con una tensión no justificada, con una mentirilla. La fatalidad tiene un largo trayecto antes de aparecer deslumbrante y quemante.

A MÍ ME molesta que se engañe en el amor. Me molesta, porque eso quiere decir una ocultación de la verdad, y la verdad hay que decirla con todas sus consecuencias. Creo que la verdad es imprescindible porque, si no, empezamos a ser otros y ya no somos los mismos de la pareja. Empieza la pareja a multiplicarse de una manera subrepticia y extraña, empezamos a falsearnos, y ése es el principio del fin del amor.

LO ÚNICO QUE no tiene perdón en el amor es la deslealtad.

CUANDO UN AMOR termina, se debe confesar. El amor puede terminarse, pero no la lealtad.

Alargaba la mano y te tocaba.
Te tocaba: rozaba tu frontera,
el suave sitio donde tú terminas,
sólo míos el aire y mi ternura.
Tú moras en lugares indecibles,
indescifrable mar, lejana luz
que no puede apresarse.
Te me escapabas, de cristal y aroma,
por el aire, que entraba y que salía,
dueño de ti por dentro. Y yo quedaba fuera,
en el dintel de siempre, prisionero
de la celda exterior.
　　　　La libertad
hubiera sido herir tu pensamiento,
trasponer el umbral de tu mirada,
ser tú, ser tú de otra manera. Abrirte
como una flor, la infancia, y aspirar
su esencia y devorarla. Hacer
comunes humo y piedra. Revocar
el mandato de ser. Entrar. Entrarnos
uno en el otro. Trasponer los últimos
límites. Reunirnos...

Alargaba la mano y te tocaba.
Tú mirabas la luz y la gavilla.
Eras luz y gavilla, plenitud
en ti mismo, rotundo como el mundo.
Caricias no valían, ni cuchillos,
ni cálidas mareas. Tú, allí, a solas,
sonriente, apartado, eterno tú.
Y yo, eterno, apartado, sonriente,
remitiéndote pactos inservibles,
alianzas de cera.
Todo estuvo
de nuestra parte, pero
¿cuál era nuestra parte, el punto
de coincidencia, el tacto
que pudo ser llamado sólo nuestro?

Una voz, en la calle llama, y otra
le responde. Dos manos se entrelazan
Uno en otro, los labios se acomodan;
los cuerpos se acomodan. Abril, clásico,
se abate, amparador de las entregas...
¿Esto era amor? La soledad no sabe
qué responder: persiste, tiembla, anhela
destruirse. Impaciente
se derrama en las manos ofrecidas.
Una voz en la calle... Cuánto olor,
cuánto escenario para nada. Miro
tus ojos. Yo miro los ojos *tuyos;*
tú, los *míos:* ¿esto se llama amor?

Permanecemos. Sí, permanecemos
no indiferentes, pero diferentes. Somos
tú y yo: los dos, desde la orilla
de la corriente, solos, desvalidos,
la piel alzada como un muro, solos
tú y yo, sin fuerza ya, sin esperanza.
Idénticos en todo,
sólo en amor distintos.
La tristeza, sedosa, nos envuelve
como una niebla: ese es el lazo único;
esa la patria en que nos encontramos.
Por fin te identifico con mis huesos
en el candor de la desesperanza.
Aquí estamos nosotros: desvaídos
los dos, borrados, más difíciles,
a punto de no ser... ¿Amor es esto?
¿Acaso amor es esta no existencia
de tanto ser? ¿Es este desvivirse
por vivir? Ya desangrado
de mí, ya inmóvil en ti, ya
alterado, el recuerdo se reanuda.
Se reanuda la inútil exigencia...
Y alargaba la mano y te tocaba.

DIVORCIO

¿Cuándo se produce un divorcio? Cuando un cónyuge —o los dos— se prefiere no sólo al otro, sino al proyecto solidario de vida.

Para que se acabe el matrimonio se tienen que haber muerto, además del amor, muchas cosas. Para mí el matrimonio no es indisoluble, sino que llega a ser indisoluble para quienes no encuentran compensación en disolverlo. El divorcio es una declaración de ruina y desalojo; una solución *in artículo mortis,* que pone fin a tristes situaciones provocadas no por un error de sentimiento, sino —lo que es peor— de inteligencia.

El divorcio es siempre un gesto de renovación de guardarropa, un grito de redención que se inicia en el vestidor, un alivio del luto, un reconocimiento de la verdad —por dura que ésta sea— como primer paso hacia una nueva primavera. Quien no siempre estuvo solo sabe la gravedad de una presencia que destroza la soledad y no acompaña.

EL DIVORCIO NO daña la institución familiar. Primero, porque si existen motivos de divorcio, la institución familiar ya está dañada: de nada sirve ignorar el diagnóstico e intentar curarse el cáncer con agua de azahar. Segundo, porque la familia, para serlo, tiene que basarse —como, para serlo, el matrimonio— en el amor recíproco. Y tercero, porque la familia no es más que una de las formas que el individuo tiene para realizarse, y si el tiro le sale por la culata, ni aquello podrá llamarse familia, ni el individuo podrá colaborar, al no estar realizado, en que aquello subsista.

EL ESPAÑOL, SI se separa de su mujer, no quiere de ninguna manera que se le crea inocente. La inocencia, en estos casos, se asemeja demasiado a la falta de hombría.

DIVORCIADO YO NO lo estoy; ni siquiera separado judicialmente; no he contraído matrimonio nunca, ni civil ni en Andorra; si está en mi mano, no cometo adulterios; no tomo píldoras esterilizantes; no reúno las condiciones fisiológicas precisas para abortar; no soy un obseso —y mucho menos un obsexo—: mi salud y mi profesión se han encargado de apagar mis ardores, si alguna vez los tuve, que no creo.

ECHAR DE MENOS

EXTRAÑAR, AÑORAR, ECHAR de menos: qué tarea tan ardua y tan humana.

ECHAR DE MENOS es igual que sentarse ante una melancólica ventana, y ver atardecer, y escuchar las voces que dejamos de oír, y saber que continuaremos vivos y que en nosotros —a través de nosotros— continúa vivo cuanto estuvo vivo. Echar de menos es también una forma de entregarse.

LAS OLEADAS DE calor y de frío, de aflicción y de júbilo, vuelven más ágil el alma en que se posan. Buena es la variedad. Bueno es echar de menos.

A ECHAR DE menos con tiento, como el final de un balance aprobado a los asuntos de una agenda cumplida; a echar de menos con piedad, como si se tratara de una vida no propia, pero próxima; a echar de menos con ánimo, para ratificarnos y sobrevivir; a echar de menos sin desesperación —sin demasiada esperanza también, pero sin desesperación— es a lo que llamamos serenidad.

EL PASADO, POR quieto, es más susceptible de ser embellecido que el presente. El hoy, que nos parece adocenado y frío, lo evocaremos mañana vibrante y ardoroso: lo echaremos de menos. Y no porque el mañana se acerque más oscuro, sino porque lo que de veras le gusta al ser humano es eso: echar de menos.

LO QUE ECHAMOS de menos es nosotros mismos, los que fuimos con motivo de aquello que creemos echar de menos —la mañana en el parque, el viaje a aquellas ruinas, la habitación en sombras un domingo de abril, el beso en la mejilla junto al tren—, los que fuimos y nunca más seremos.

A CADA UNO le corresponde habitar sus momentos. Es inútil y muy perjudicial salirse de ellos. Se puede echar de menos una sonrisa que nos alentó, la certeza de la casa familiar, la indecible compañía que, a la vera del mar, una noche de agosto, nos hizo creernos dioses. Se puede echar de menos la ardorosa impaciencia con que aguardábamos a un cartero, una llamada, la hora de una cita. Lo que se echa de menos es la propia alegría. Pero nada fue como acaba por parecernos...

EL SER HUMANO es insaciable: cuanto más se le da, más quiere. Y quiere, sobre todo, aquello que ha perdido.

TODA LA VIDA es eso: echar de menos. Toda la vida es no estar nunca contento. Querer siempre tener lo que cuando tuvimos nos pesaba...

APRECIAMOS LAS COSAS sólo cuando empezamos a perderlas, cuando empezamos a echarlas ya de menos.

AY DE AQUELLOS cuyos deseos se cumplen. Lo bueno es desear, echar de menos... Si tú supieras qué mal huele cuando se pudre un ideal.

PARA MÍ LA nostalgia tiene un sentido más íntimo... No es echar de menos una época, no es echar de menos una circunstancia, es un poco echarse uno mismo de menos. Es decir, volver la cara hacia uno mismo; hacia mi propia vida. Entonces, sentir nostalgia de un momento de nuestro propio camino me parece que es algo mucho más íntimo que colectivo. No nos encontramos insatisfechos tal como ahora somos... pero éramos de otra forma: ese «éramos» es el que encierra el sentido de la nostalgia... Al fin y al cabo, el hombre es una historia de cicatrices, de heridas que quizá ni tan siquiera ha recibido...

LA NOSTALGIA NO siempre es un sentimiento positivo. Al final queda siempre la esperanza, y eso es lo importante. Probablemente sea cierto que se pierden los pétalos, pero queda el perfume de la flor.

SI HAY ALGO que identifique a todos los hombres es que son pasajeros: son hijos de un instante. Echar de menos el pasado es un torpe recurso de defensa: la nostalgia, si no conduce a la sonrisa, es mala.

EL HOMBRE NO se acaba. Echa de menos para descansar, para seguir andando un poco más.

HAY QUE ESTAR rodeado para sentirse solo. Noviembre no es nada más que un escenario favorable, porque corre el telón, o lo desploma con un sordo retumbo, y nos deja pensar; porque invita a acercarse a los fantasmas coronados de rosas: los fantasmas sonrientes de manos extendidas y piel tersa, los que nacieron para no morir nunca y están muertos... Ellos eran las flores y junio y el largo día y la noche de la complicidad.

ENAMORADOS

EL ENAMORAMIENTO NO es más que la concreción de una cierta ansiedad. Los objetos posibles de amor están alineados ante nosotros; uno de ellos da un paso al frente, se destaca, y en él se posan, como en un árbol florido, los pájaros de nuestras aspiraciones y de nuestras escaseces o abundancias... El dolor, que habita en un lugar muy próximo al amor, procede de la misma manera; de un cúmulo de posibilidades, elige una, la abre y derrama sobre ella su llanto. El origen de tales elecciones casi nunca está al alcance de nuestra comprensión. Como si no fuésemos capaces de sostener nuestro sentimiento por una extensión demasiado grande, ni con una intensidad demasiado punzante...

UNA COSA ES hablar del amor y otra distinta estar enamorado. Del amor sólo se puede hablar cuando no se está enamorado, porque cuando se está enamorado, se ama. El amor no se dice, se hace. Todo lo contrario de la literatura. La literatura se dice, no se hace.

EL AMOR NO es un modo de estar, sino de ser. Se debería decir *soy un enamorado* en lugar de *estoy enamorado*. El amor nos trastorna, nos invade, nos falsea, nos engaña... Y consigue que nos engañemos a nosotros mismos.

EL ENAMORADO ES igual que un faquir. Pisa descalzo sobre las ascuas del amor; se acuesta en su cama de clavos; devora sus antorchas. Y, en apariencia, sigue ileso. Ileso y moribundo.

EL ENAMORADO, SI está solo, es un mendigo. Pero cuando muera será el rey. Ahí está toda su esperanza.

LOS ENAMORADOS SON como niños a los que se encarga trasladar un valiosísimo jarrón de un lugar a otro. ¿Cuanto mayor sepan su valor, más temblor y más fácil será el estropicio? Y, si no lo saben, descuidados, ¿lo dejarán caer? Sobre las reducidas parcelas del sexo, los enamorados construyen su prodigiosa arquitectura, eterna y de cristal. ¿De quién depende su precariedad o su perduración? ¿De ellos? Quizá el amor no fue inventado para ser inmortal. Los enamorados han de ser espontáneos y a la vez meticulosos, heridos y a la vez cirujanos, amigos y amantes a la vez. Es la más difícil profesión. Y la más frágil. Y la más hermosa.

Los ENAMORADOS SON siempre como francotiradores: hacen la guerra por su cuenta, paralelos, sin encontrarse. .

EL ENAMORADO VE más que nadie los motivos de su sentimiento. Donde los demás ven acaso una sonrisa mustia, el amante ve un amanecer.

EL NOVIAZGO ES un tránsito, un poco bobo como todos los tránsitos; soso como un pasillo, que ha de llevar a algún sitio y en el que es incómodo estar; efímero como una pulmonía de la que, antes o después, uno sale o se muere. Por el contrario, el enamoramiento es un estado de ánimo que, mientras dure el ánimo, puede permanecer.

¿No COMPRENDERÁ NADIE, o muy pocos, que esas uniones desiguales se funden sobre amor? ¿No es él un poliedro de innumerables caras? ¿No enamorarán la serenidad, la bien administrada experiencia, la sensibilidad, la visión de la propia alegría reflejada o del interés suscitado, la elegancia de los modales? ¿No enamorarán, aun sólo por reacción contra la zafiedad y la petulancia ambientes, la contención, el talante generoso, el brillo de la inteligencia que hace aparecer gris y sin vida al resto de la gente? No hablo de reglas generales —el amor no se rige por ellas—, sino de alguien concreto que atrae a alguien concreto. ¿Serán los gerontófilos movidos siempre por el dinero o el poder o la fama? ¿Por qué privarnos del leve consuelo, en el mejor de los casos, de suscitar amor ya de mayores? Conozco a muchas personas, más de las que se supone, que sólo se sienten seducidas por las de edad muy superior. No hace tanto, una, con sincera y seria sonrisa, me advirtió: «Aún te faltan quince años para estar bien a punto.» Era joven, y acaba de morir. He ahí otro argumento: siempre es una osadía pronunciar el *hasta que la muerte nos separe*, y nadie sabe además a quién la muerte se llevará primero.

EN OTOÑO YO no me he enamorado nunca. Un 20 de diciembre, un 22 de diciembre, y un 28 de julio. Nunca en otoño, nunca en primavera.

CREO QUE NO podría enamorarme de alguien cuya colonia me produjera repelús o que combinara un traje azul con unos zapatos marrones. Pero si el amor persistiera en su terquedad, entonces intentaría llevar a la persona hacia mi terreno y orientarle un poco. Aunque también eso es complicado, pues en el amor, cuando proyectas, todo sale rana. Efectivamente, yo estoy muy condicionado por mi educación estética. En casa lo malo era lo feo: «Eso no se hace porque está feo», me decían de pequeño. En la adolescencia, al ama le gustaba hablar de las chicas que me convenían y las que no me convenían. Yo murmuraba: «Ama, que ésa es muy fea.» Ella decía entonces: «Con lo bonito no se come», y yo contestaba: «Pues con lo feo tampoco.» Lo bonito y lo feo, lo bueno y lo malo, eran conceptos confusos. En mi vida, lo ético siempre ha estado muy mezclado con lo estético. Por eso, no podría amar a una persona fea.

HE HABLADO TANTO del amor que no sé si he estado enamorado… No he tenido tiempo.

QUÉ MÁS QUISIERA que enamorarme, pero sospecho que eso tampoco se provoca; cuando alguna vez lo he provocado, no ha dado resultado. Por ejemplo, cuando hubo alguien joven que me ilusionó muchísimo, porque era la pureza misma, la pureza absoluta, el regalo más maravilloso que se puede hacer a una persona, alguien discipular, que te admira y al mismo tiempo te desea y te ama, eso es algo profundamente de agradecer. Pero fue un regalo que la vida me hizo y yo no supe sostener en mis manos. Se me cayó de las manos, tal vez porque ya no tenía fuerzas para sostenerlo, tal vez el ciclo ya se había cerrado, quizá ya no puedo volver a amar de esa manera. Mi vida está tan reglada, tan ordenada, con horarios tan estrictos, con rigideces, con renuncias tremendas, con un trabajo esencialmente devorador. Y esa es mi duda ahora, me he metido en el burladero del trabajo para que no me coja el toro y quizá otro toro, que no es el del amor, me ha cogido en el propio burladero. El burladero se ha burlado de mí. Porque al trabajo hay que darle su propia medida y su propio ritmo y yo lo he convertido en el absoluto protagonista de mi vida, con la misma intensidad que durante algún tiempo hice protagonista de mi vida al amor. Quizá por eso he escrito *La pasión turca,* como un homenaje a algo que debió ser así.

Erotismo-Pornografía

EL EROTISMO ES cenestésico, natural, interior. La pornografía es un estimulante artificial y externo.

LOS EFECTOS DEL amor sexual son sociales, pero no el sentimiento. Y sabemos que, para que el amor cumpla su misión liberadora y redentora, ha de ser una exaltación individual. Eros es antigregario y, en ciertos casos, antisocial.

LA LIBRE SATISFACCIÓN erótica produce una paradójica insatisfacción íntima y un creciente aislamiento. La carencia de amor mueve a apoderarse de los cuerpos ante la imposibilidad de poseer las almas. Se escapa así el espíritu del objeto sexual y el del sujeto no encuentra ni asidero ni reposo.

NADA MÁS LEJOS de una paradoja como la siguiente afirmación: los padres del erotismo forman un matrimonio respetable: la moral convencional y la sociedad capitalista.

EL EROTISMO ANTES, como impulso vital, se consideró tan bello y misterioso que en seguida la religión lo acaparó como acapara todo lo que no tenga una explicación más o menos doméstica. Eros fue un dios. Sus manifestaciones aparecen desde los sustentáculos de los templos indios hasta el *Cantar de los Cantares.* Más tarde, el cristianismo —caracterizado por su normatividad meticulosa de las conductas privadas— transformó los conceptos del amor. Se destronó a la carne, enemiga del alma, y al placer se le relegó a sótanos oscuros, como a un pariente loco. Se organizó un dualismo maniqueo. Se incurrió en el olvido de que poner los ojos en blanco por mirar a los cielos es el mejor camino para la costalada. Separar el amor del erotismo, en contradicción con la moral primigenia, fue un error cuya consecuencia es lo contrario: separar el erotismo del amor. Pero que quede claro: fueron los moralistas antecesores de los que hoy lo condenan, los que lo han inventado.

NO HAY NADA que conduzca con tanta rapidez como la estandarización hacia la soledad. Para consolarla, como una Celestina, la sociedad previene el erotismo: el erotismo a secas, sin amor. Lo ha hecho mercadería, flor de deseo mecánico; le ha abierto *sex-shops,* como esos señorones que les ponen una «boutique» a sus queridas; lo usa para aumentar las ventas de tabaco, de coches, de cine, de teatro... Lo ha hecho cosa suya.

LA TRISTEZA, CON mucha frecuencia, es erotizante.

EL INHUMANO PURITANISMO y la sociedad de consumo son los padres legítimos de la pornografía.

¿QUÉ ES LA pornografía?: un negocio en el que alguien intenta vendernos aquello de lo que somos dueños y que se nos ha prohibido de antemano para incentivar la demanda. ¿De quién es, por tanto, hija? Del puritanismo, que se la coge con papel de fumar, y de la sociedad capitalista, que comercia con cualquier mercancía, más cara cuanto más escasa. ¿A quién se dirige? A los inestables, que se bambolean entre la avidez tentadora —más tentadora por más vedada— del amor y las aburridas y rutinarias rigideces del matrimonio, al estragado y dudoso paladar de los ejecutivos. Porque antes de la hipocresía el hombre y la mujer «estaban desnudos y no se avergonzaban».

LA PORNOGRAFÍA NO es nunca el desnudo, sino algo más: lo que se añade y cómo se maneja.

TODO LO QUE nos echemos encima son disfraces... Hay que estar muy con las carnes al aire... Para querer. Para que nos quieran. Para vivir en paz, que lo otro no es vivir.

SIENDO EL DESNUDO lo que más nos hermana, lo que más

borra las falsas identificaciones exteriores (como nacemos y como nos morimos), lo hemos convertido en todo lo contrario. Siendo la norma, lo hemos convertido en infracción. Siendo lo natural, en piedra de escándalo. Siendo un bien común, en algo tan personal e intransferible como un cepillo de dientes.

A MUCHOS CHICOS la curiosidad los mueve a desnudarse y hasta a escudriñar el desnudo de otro o sus reacciones, y casi en juego o con un aire de desafío transgresor, pueden llegar a una cierta forma de consentimiento.

FELICIDAD

LA FELICIDAD, SI existe, es un concepto personal y no gregario. Lo mismo que el amor.

LA FELICIDAD DE quien acompañamos —¿o es que fuimos acompañados?—, la felicidad sin nosotros siempre nos entristece. ¿Y quién podrá compartir, sino el amante, con nosotros la felicidad?

LA FELICIDAD COTIDIANA y normal que procede sencillamente de estar vivo y saberlo, junto a un cuerpo con alma que lo sabe también, sin alterar ninguno de los dos el orden de este agobiado, de este insondable mundo... La felicidad de dos personas, que depende de dos personas, de su secreto saber recíproco, que está por encima del mismo amor o es quizá el mismo amor, porque cuenta por supuesto con él, pero parece haberlo superado, si es que hay algo que sea capaz de superar su luz o esté exento de ella, exento de su signo, del esfuerzo que cuesta (el jubiloso esfuerzo) mantenerlo y cuidarlo: el milagroso amor humano... Por encima del amor quizá porque es más que un mero sentimiento: un destino común, un proyecto común de aceptar el destino, un abandono y una aceptación que necesitan palabras nuevas para nombrarse, palabras que no existen todavía y han de ser inventadas por los amantes, porque el idioma es demasiado estrecho; palabras con las cuales podría hacerse un presente a Dios, ofrecerle el don, humano y suyo, de la cordialidad y de la alegre convivencia, de la tozuda voluntad de vivir, o sea, de obedecerlo. Como si algo nos asegurase que el perfeccionamiento del corazón fuera la escala de Jacob, por la que el hombre sube, luchando contra las alas y las fuerzas del ángel, hasta el mismo trono deslumbrante de la divinidad... Hablo, hasta donde es posible, de la moderada felicidad humana, que envidian los arcángeles.

La FELICIDAD NO es el deleite físico; ése es demasiado impersonal; en él uno cumple su rito de criatura, pero no lo trasciende.

El PLACER, SEA el que sea, no incluye la felicidad, aunque sí viceversa. La felicidad no es la alegría, ni la risa común, ni la mutua satisfacción, ni siquiera el amor, a veces muy al contrario. La felicidad es lo opuesto a un proyecto: es lo menos programable que existe; posee más de rapto y de entusiasmo que de comprobación; se trata de una dádiva, no de una consecuencia. Es un trastorno transitorio, un tramo adolescente que puede darse en plena madurez. Es una participación repentina, no imperecedera, del ser entero, físico y espiritual. No consiste en cumplir los ideales de nuestra juventud, ni en una creación gozosa y exultante a la que raramente el cuerpo acompaña. Es una sensación palmaria y flagrante como la misma vida.

ESO Y NO otra cosa es la felicidad: una racha de aire, un sobrecogimiento que nos corta un momentito la respiración. Cuando volvemos a respirar somos los de antes. Es decir, somos otra vez humanos y vencidos.

Pero ese momentito, ¿no estará relacionado con el amor, con el efímero enloquecimiento del amor? Aunque la felicidad y él son paisajes distintos. Se rozan a veces, como se rozan e intercalan otras emociones... Pocas cosas pueden hacernos, en determinadas circunstancias, más infelices que el amor. Lo que sucede es que, cuando él desaparece, mientras nos alejamos, vemos en el espejo retrovisor un reflejo difuso. Y tal espejismo es capaz de durar mucho tiempo. Después, el vacío que deja nos mueve a la añoranza; a engañarnos con la creencia de que tuvimos no sólo más de lo que ahora tenemos, sino más incluso de lo que tuvimos entonces... El corazón, ocupado a tiempo completo en el amor, no analiza. Vive a ciegas su pasión más o menos ardiente, su gozo henchido y su desdicha exagerada. Vive su intensidad... Ahora, desocupado, o procurando ocuparse en otras cosas, cuenta y recuenta su agridulce tesoro extraviado, canta lo perdido. Y exagera de nuevo... Exagera: siempre es más verde la hierba del vecino o la hierba de ayer. Hasta que, cansado de mirar hacia atrás, se convierte, como la mujer de Lot, en estatua de sal. Y trata de moverse, de avanzar a solas, de conseguir encontrar otro camino... Y ya no puede.

La FELICIDAD ES efímera. La felicidad es una especie de trastorno mental transitorio. Tienes que ser muy tonto para ser feliz. Sólo una persona verdaderamente tonta es feliz. Cuando tú te entonteces, eres dichoso. Se dice «el amor nos altera», que quiere decir —de *alter,* otro— que nos transforma en otro, en el otro. Se dice «el amor nos enajena». Es decir, que nos enloquece y al mismo tiempo nos vende, que es lo que significa la enajenación. Estamos vendidos y estamos locos cuando estamos enamorados. Es decir, estamos un poco tontos y, por tanto, somos susceptibles de que la felicidad haga nido en nosotros.

Los DOLORES DEL amor son crecederos: en cada uno duelen los dolores precedentes de todos. La felicidad, por el contrario, se concluye en sí misma: no se hereda, no se multiplica por la felicidad que nos trajeron los pasados amores, ni los ya extinguidos sentimientos.

MIS ESCASOS MOMENTOS felices son de anonadamiento, de fusión, de confusión en estricto sentido, dentro del mundo. Me he sabido una imperceptible tesela, que forma parte de un mosaico infinito: una tesela que encontró por un instante —ojalá que ese instante sea cada día más largo— su verdadero sitio. Es un don que he aprendido a aceptar con humildad, y a no exigir que permanezca. Y sé que tal camino —cuando lo continúe— es el único que lleva a morir, porque consiste en un mitridatismo de la muerte: inmunizarse contra su veneno tomándolo voluntariamente en dosis progresivas.

Yo HACE TIEMPO que no la busco [la felicidad]. Me pasa como con el amor. Supongo que si el amor tiene que volver otra vez a mi vida, tocará mi puerta. No se puede andar por las esquinas buscando el amor. Eso no conduce más que al insomnio y a la resaca. Y la felicidad, igual. La felicidad vendrá si tiene que venir. Y, si no, que la zurzan. Porque tampoco es imprescindible. Para mí ya es imprescindible otra cosa: la serenidad.

DICEN QUE LOS enamorados son quienes aprecian mejor la armonía y la hermosura de este mundo; dicen que en él estamos para ser felices, en contra de quienes lo han convertido en un valle de lágrimas. Puede, pero qué trabajo nos cuesta tocar con la punta de los dedos la felicidad. Nos cuesta tanto, que no podemos evitar preguntarnos, absortos en el esfuerzo, por qué es por lo que luchamos. Yo, en la tarea, me he dejado mucho más que las uñas.

HOMOSEXUALES

HABLANDO DE DAVID Bowie, al que se le atribuye el excesivo título de rey del «gay power», leo en un cauto diario de Madrid el siguiente inciso: «El adjetivo "gay", en este caso, es de difícil trasplante al castellano.» Quizá si lo que se intenta es hacer un trasplante de la situación sea realmente difícil, pero en traducir el adjetivo «gay» no veo la menor dificultad. «Gay», «en este caso», es una forma familiar angloamericana de designar al homosexual; «en los demás casos», quiere decir alegre.

LA TEORÍA PLATÓNICA de las tres configuraciones —masculina, femenina y andrógina— de seres unidos por la espalda de dos en dos, separados por castigo divino, que buscan desde entonces su *otra* mitad vana y constantemente. (La doble mujer y el hombre doble arden por completarse con los dos de su mismo sexo: es decir, los homosexuales.)

LA HOMOSEXUALIDAD, QUE tenga un origen genético o

no lo tenga es lo mismo que decir que los ojos azules tienen un origen genético. El resultado es que hay personas que tienen los ojos azules y otras no. Qué importa que sea de origen genético o de educación; el hombre es el yo y su circunstancia. ¿Qué es el yo? ¿Qué son los genes? Yo no puedo decir yo de ninguna manera pensando en mis genes, pienso en el que soy en este momento, porque las circunstancias se incorporan de tal manera al yo, como decía Pascal: «La naturaleza no es más que una segunda costumbre y la costumbre es una segunda naturaleza.» A mí no me importa nada que sea un gen, ni creo que tenga unas consecuencias u otras. ¿Qué quiere decir eso de que tiene un origen biológico?... Porque la represión, en todo caso, es injusta. Me parece mejor ir por las bravas y decir: «Mire, esto no es biológico, es porque me sale a mí de los cojones.» ¿Contra natura?, será contra la natura del Papa, no contra la mía. Yo lo veo todo perfectamente normal. Cuando estuve por primera vez en Nueva York, asistí a una boda entre dos chicos, quiero decir entre un chico y otro chico, y fue todo muy agradable, había representantes de muchas iglesias y nos entregaron claveles. Fue un acto muy tierno y muy divertido. A la salida había unos manifestantes que llevaban una pancarta que decía: «¿Por qué sólo dos sexos, por qué sólo la bisexualidad?» Es decir, la polisexualidad, la maravilla del gozo de vivir, que cada uno lo debe entender como pueda o como quiera, sin molestar a los demás, sin violentar a los demás. Todo el resto es una salsa tártara, moralejas pasajeras. Lo único que no pasa es el hombre y su deseo de gozo y su busca de la felicidad...

UNA PERSONA ES siempre algo más que prostituta, homosexual, negro u obispo (la de los obispos parece ser hoy también una minoría menos grata). Y si alguien, a veces, no es más que homosexual, o negro, o andaluz, no es porque carezca de otras potencias, sino porque la sociedad no le ha dado la oportunidad de desarrollarse más que en cuanto tenía de homosexual, de negro o de andaluz.

TODO SURGE DE una valiente reacción frente a las persecuciones: valiente y muy triste. El hombre homosexual las desafía afeminándose; la mujer homosexual, se masculiniza. Antes hubo una homosexualidad de costumbres, una homosexualidad ambiente: en Grecia, en Roma, en los países árabes aún. Eso se terminó. Ahora lo que hay es una homosexualidad a contramano, involuntaria, individualizada, de nacimiento o no, es decir, mucho más dura de sobrellevar.

DETESTO LAS CLASIFICACIONES. Ellas tienen la culpa, secular, de que muchos homosexuales se comporten de una forma *privativa,* digamos. Como si residieran en un gueto moral, en un gueto de gestos y de usos. Se entiende que son hombres inconstantes, antojadizos, inocentes y pérfidos a un tiempo, de convicciones y de voluntad sin arraigo, débiles y violentos a la vez como mujeres. Se entiende que son de una inteligencia no profunda, pero sí ingeniosos, oportunos y encantadores. Son caprichosos y sentimentales, de palabras suaves y promesas sin base, engañadores y engañables, y con la virtud de olvidar hoy lo que ayer proclamaron. Dan la impresión de que se los conoce desde siempre, y es que todos hemos tratado antes un ejemplar de ellos. Son contradictorios: crédulos y escépticos, bondadosos y perversos, sarcásticos y afectivos. Mirados con superficialidad, son cómodos: se les perdona todo, se acoplan a todos los grupos, se los echa de menos. Si mienten, se les sonríe y se les da la perra gorda; si admiran algo, consiguen que se les regale. Son tan aparatosos que convencen sin tener opiniones. Exageran tanto sus elogios como sus desdenes. Adoran y odian con poco tiempo de distancia: «Soy de telones rápidos», comentan. Acarician, o desprecian, o acarician y desprecian a la vez. Se exaltan por una amistad, que casi siempre es amorosa; se entusiasman por una obra de arte, y cinco días después no lo recuerdan. Obran como aficionados en todo lo que emprenden. Sus relaciones con las mujeres son fraternas: se adoran y se hacen confidencias; si ella les pone cuernos, los dos lloran y ellos las perdonan, se hacen escenas con frecuencia, porque sin ellas no pueden vivir; se insultan y se besan; se matan y están a partir un piñón... Son hombres valerosos y cobardes, inesperados siempre. Creen en el honor y cometen infamias atroces. Obedecen a sugerencias momentáneas (la mala educación, que llamó Kierkegaard), y se dejan llevar por su pensamiento dominante, que cambia de rumbo igual que una veleta. Y la acusación de falta de delicadeza es la peor, y quizá la más injusta, que puedan recibir.

La sexualidad, muy decidida, ha pasado al terreno de lo recreacional. Ya ser lesbiana o ser gay no es ni un estigma, ni una enfermedad, ni un delito. Y el más importante y cuantioso reto a esas tres posibilidades, la hetero y las dos homos, es... ¡la bisexualidad! El bisexual no es nunca menos, sino más: más en experiencias, más en posibilidades, más en placer. Por supuesto, hay que atreverse, pero los dioses ayudan a los audaces, y la osadía forma parte de la modernidad. La prueba es que, en la cultura joven, la bisexualidad se ha instalado a través de los anuncios, a través de las modas de cualquier tipo y todas unisex, a través de los hombres desnudos que se han convertido en fetiches de la publicidad, a través de los vídeos y de los clips musicales...

CREO QUE NO hay un solo hombre, ni uno solo, que no haya deseado alguna vez a otro; ni una mujer que no haya deseado a otra mujer. Quien lo niegue, después de haberlo pensado bien, es que habrá deseado a más de uno y pretende escapar ante sus propios ojos.

LO DE LAS parejas de hecho como premio de consolación sólo sirve para herencias y pensiones: cosas de funcionarios.

TODA PAREJA DEBE estar edificada sobre el amor, no sobre los documentos.

LAS RELACIONES HOMOSEXUALES siempre son más efimeras, porque los homosexuales son más casquivanos.

FUE ENTONCES CUANDO aprendí dos cosas: primera, que el amor a un hombre, hasta en lo físico, es más fuerte que el amor a una mujer, más valiente también —si es que algún amor puede dejar de serlo— y mucho más difícil, arriesgado y violento. Segunda, que yo padezco una inercia del corazón, que se posa sobre un objeto y aspira a seguir sobre él, de forma que, cuando se abre el cárdeno crisantemo del desamor en la otra persona, yo, que he sido amado mucho más que amante, me comporto como un amante y soplo los rescoldos de aquel fuego para que siga calentando, mientras el ex amante mira ya hacia otro lado, y me ignora, y sólo con su cuerpo permanece cerca de mí. Me he preguntado a veces si no seré yo, en este aspecto, un tanto femenino.

MATRIMONIO

EL MATRIMONIO ES un contrato resoluble, que ha de firmarse con lucidez y hasta con frialdad.

EL MATRIMONIO ES una norma de higiene social y de protección.

EL MATRIMONIO ES lo sobrevenido, algo que la sociedad ha inventado para impedir el taponazo y paso atrás y para que las crías estén defendidas el largo tiempo que las del hombre necesitan estarlo.

EL MATRIMONIO ES una institución vertiginosa. En él se unen dos personas de diferente condición, de diferentes caracteres, de diferente edad, de diferente educación y, por si fuera poco, de diferente sexo.

YO NO SÉ cómo y por qué se va al matrimonio. Hace años, cuando yo era un poquito más joven, los muchachos se casaban porque habían comido unos kilos de patatas fritas juntos a lo largo de un tiempo, y se habían bebido juntos unos cuantos litros de cerveza, o unos barriles, si duraba mucho tiempo el noviazgo. Pero se casaban un poco por eso. O porque llevaban la rosa en el corazón. Y así no se va a ninguna parte. El matrimonio es una casa de pisos. Dedicado al sexo sólo hay uno. Luego hay otros que están como guarderías infantiles, universidades, comercios, hospitales... Hasta de pompas fúnebres tiene que haber un piso en el matrimonio. Y esa casa la tienen que hacer entre los dos. Como uno de los dos no sea arquitecto, ese edificio del matrimonio o no se hace o se hunde después de hecho. La única solución es que se case muchísima menos gente de la que se casa, un cinco por ciento, y que vaya muy preparada. Por eso admiro mucho las relaciones prematrimoniales. Me parece que hacen conocer una persona a la otra y hacen proyectar. Y, sin darse cuenta, se están ya necesitando. Así se puede ir con más tranquilidad al matrimonio. Porque si no, ¿qué sucede?: el divorcio. ¿Qué sucede ahora con el matrimonio? Que es sólo un trámite para divorciarse; sin embargo, el divorcio es simplemente un acta de defunción. Porque nadie quiere divorciarse. ¿Quién va a querer divorciarse, quién va a querer abortar? Son consecuencias lógicas de una vida bastante mal vivida, por influencias de una sociedad acogotadora, exigente, tiranizante, que nos hace equivocarnos.

EL SER HUMANO intenta prolongarse en sus cachorros,

intenta prolongar su juventud en ellos; recuperar con ellos su niñez. Los considera, erradamente, objeto suyo: no individuos cuya preparación para la vida le está a él encomendada, sino emanación de sí mismo, a la que está seguro de conocer como a su mano o a su pie.

A LA SOCIEDAD le es extraordinariamente cómodo que una pareja tenga, con estabilidad, crías comunes y las eduque y las alimente. Que siembre y cuide el amor conyugal, esa utopía, como en una escuela gratuita —gratuita para la comunidad, claro—, y también el amor paterno y el materno, a la manera de una enseñanza que las crías practicarán —o no— cuando llegue su hora, y el amor filial y el fraternal, y el amor a la continuidad y la perdurabilidad de unos cuantos valores convencionales que defienden el, no siempre justo, entramado social.

EL MATRIMONIO ES un zoo lleno de parejitas enjauladas. Yo detesto las exclusivas. No es decente obligar a otro a amarnos, y asegurarnos además con leyes y ataduras contra su desamor. El matrimonio o es una comunidad voluntaria de vida o es una pantomima. Nadie es propiedad de nadie.

PARA CASARSE AHORA como Dios manda hay que tener títulos o dinero. Una guapa sin ninguna de las dos cosas es lujo para un pobre, y un rico sólo la quiere por amante.

EL MATRIMONIO NO es sagrado, ni mucho menos unánime.

DURANTE MUCHO TIEMPO la entrega sexual exigió un motivo justificante: la simple expresión del amor no era suficiente para eliminar el pecado. La procreación y la donación del débito conyugal fueron las únicas razones para consumar el matrimonio. Cuanto no estuviera de acuerdo con aquella vía era más bien cosa de la prostitución. Incluso las caricias entre cónyuges, sin tal finalidad, se consideraron pecados mortales...

MATRIMONIO Y AMOR son conceptos diferentes, y no tienen por qué coincidir.

EL MATRIMONIO ESTÁ bien inventado: lo han inventado seres humanos a su propia medida. Es cómodo de llevar, resistente si se le trata bien... El amor no es, sin embargo, nada de eso.

EL AMOR NO tiene nada que ver con el matrimonio: hay amantes no casados y casados no amantes. Pensar que el amor termina siempre en boda es como pensar que el mundo se termina en Cercedilla.

EL MATRIMONIO —lo mismo que el amor— no se hace de una vez, sino que se está haciendo hasta la muerte.

LA VENTAJA DEL matrimonio —del matrimonio como es debido, claro— es la confrontación sin límite que ofrece, el esfuerzo que provoca hacia la perfección de cada cónyuge reflejado en el otro.

NO SE TRATA de tiempo, sino de amor. Cada miembro de la pareja, humana o no, ha de amarse y reconquistarse a cada momento. El matrimonio es un constante esfuerzo... Subes a un monte y ves que hay otro más alto más allá. Tienes que descender para ascender al otro, y así siempre...

NI TODO EL monte es orégano, ni todo el monte es orgasmo. Exactamente le ocurre al matrimonio: puede ser la mejor compañía, o una carga tan pesada que con frecuencia haya de llevarse entre tres (o más).

EL MATRIMONIO IMPORTA un pimiento. Lo que importa es el amor. La única manera de que sobreviva el amor es alimentarlo. Con lo que sea, con lo que le guste, como se da de comer a un niño, quiera o no. Hay que hacerlo descansar, revitalizarlo, no exigirle demasiado. El amor no es solemne, ni serio, ni definitivo: ésas son las condiciones de un sacramento o de un contrato. Pero el amor es casi nada: un estado de ánimo, o una simple borrachera. Puede acabarse cuando uno se duerma, o, igual que una hoguera, cuando no haya más leña.

UNA PERSONA NO es atractiva más que cuando no se la conoce del todo; cuando posee aún grandes zonas por encontrar, sorpresas que producir, inquietudes que ofrecer, velos que rasgar. Por eso, los matrimonios felices son tan pocos: los cónyuges se conocen demasiado bien en el mejor de los casos, y se aburren. O no se soportan, en el peor.

¿POR QUÉ LAS esposas no se parecen más a las amantes? Cuando una esposa sale de buen diente, no tarda en separarse: por algo será. Si el marido fuese audaz e imaginativo, el adulterio tendría menos partidarias.

LA MUJER CASADA, al no ser libre, no está capacitada ni para la amistad; para el amor, ya ni soñarlo. Siempre ocurre lo mismo: el marido, después de insultarla y vociferarla todo el día, cuando llega la noche, le susurra: «cariño», «amorcito», y ella entonces le contesta: «Me duele la cabeza», y se da media vuelta. Qué porquería.

PASIÓN

LA PASIÓN ES una guerra cuerpo a cuerpo.

CUALQUIER AMOR SE siente a solas, cada uno por su parte; es la pasión lo que necesita dos bocas y dos sexos...

A LA PASIÓN hay que ir como quien va a la guerra. Estoy absolutamente convencido de que la pasión es mortal. Si no te mata físicamente, de hecho te mata de alguna otra manera, porque has puesto toda la carne en el asador y eso el amante no apasionado no lo hace nunca. Uno se salvaguarda, en el amor uno está nadando y guardando la ropa y se emplean unas ciertas técnicas, mientras en la pasión ya no hay técnicas posibles. En la pasión tú estás desnudo frente a eso... «Yo entero me jugué. Ya me he perdido», dice un verso de un soneto de La Zubia. En la pasión tú estás como san Sebastián amarrado a un árbol y esperando que te claven las flechas. Por eso nos quedamos siempre en el umbral de la pasión. No nos atrevemos a pasarlo, no nos atrevemos a entrar en ella.

Consideramos que nuestra vida es demasiado pequeña y nos conformamos con un amor de calderilla, con un amor en edición de bolsillo, adquirible en cómodos plazos, como una lavadora. Un amor para ir tirando. Pero eso de entrar en la casa de la pasión, atravesar sus dinteles quemantes y al rojo vivo, eso preferimos leerlo y que nos cuenten qué le ha sucedido a otros más valientes que nosotros, pero no estamos dispuestos a ello.

SE PUEDE DESPERTAR el deseo en otro ser, pero no la pasión. La momentánea, sí; pero la que es anterior y posterior a la embriaguez del sexo, no. Por eso la pasión está más cerca de la muerte que el deseo, cuando mezcla sin sentido la dicha y el dolor: un dolor que es dichoso porque emana de quien amamos y de su mano viene, aunque él no sea consciente de que nos lo causa, y sea precisamente eso lo que más nos duela. Y por eso la pasión se alimenta de sí misma —bien lo sé yo— igual que un cáncer, y resulta devoradora igual que un cáncer. Para cumplirse no necesita nada más que a ella misma, una vez que se ha levantado en armas por la presencia de alguien. Porque la ausencia de ese alguien es terrible, pero nos queda la esperanza del encuentro, mientras que, si su presencia realmente no nos acompaña, sólo nos queda la desesperación.

ENCUENTRO EL DESNUDO menos erótico que el desvestido. En eso soy un poco fetichista: me gusta expoliar la pasión, desabrocharla con lentitud, descargarla —uno a uno— de pétalos.

TENGO LA SENSACIÓN de que hay mucha gente amando, por delegación, a través de mí. Los protagonistas de mis novelas y de mis obras han servido para que mucha gente se enamorara, para que viviera lo que de ninguna manera se puede negar. Todos estamos invitados a la pasión, pero nos da miedo entrar, porque no sabemos qué nos vamos a encontrar. Y nos da miedo el amor, que es un grado menor de la pasión, porque es menos arriesgado, menos brutal. Cuando se vuelve de la pasión, se vuelve distinto. Si se vuelve vivo, se mira todo de otra forma. Comprendiéndolo todo, siendo más sabio que quien haya estudiado todas las carreras del mundo. Pero, en el amor también tenemos miedo. Cuando dicen que los jóvenes de ahora tienen miedo, que sufren mal de amor... No. El mal de amor no es una peleílla. No. El mal de amor es morir de alguna manera.

EL AMOR Y la pasión son cosas diferentes. Hay amores que empiezan siendo sólo pasión y hay amores que son pasión. Y hay pasiones que son sólo pasión.

UNA VIDA PUEDE tener varios amores, pero si tiene una pasión no tiene más que una, porque de la pasión se vuelve, como se vuelve de la guerra, con otras facciones distintas, con un brillo en los ojos diferente...

SIEMPRE SUPE QUE, si me amaba alguien, sería apasionadamente. Soy tan hirsuto, tan arbitrario, tan insoportable que, quien me ame, lo ha de hacer con pasión; si no, me dejará.

CUALQUIERA, SENTADO AL atardecer junto al cuerpo que ama, con el suyo deteriorado, al escuchar los pasos de la noche, mientras se encienden las estrellas, concluirá que la vida descansa en la razón. Pero al mediodía siguiente, entre los perfumes del jardín y el enloquecimiento de los pájaros, cualquiera pensará que la vida transcurre en la pasión...

NO HAY NADA que nos eleve tanto como acometer apasionadamente la irrepetible hazaña que es vivir. El desapasionamiento quizá alargue la vida, pero estoy seguro de que no la enriquece.

SIEMPRE SE NOS ha asegurado que el amor se comporta como si fuese a ser eterno, y cierto que es eterno mientras dura. Siempre se nos ha asegurado que la pasión se quema en sí misma, igual que una vela encendida por los dos cabos... Entonces, ¿se opone el amor a la pasión que es la que lo aniquila; a la pasión que sueña y que combate y que se desangra si es preciso, consumida, consumada en su éxtasis? ¿Cabe el amor sin pasión? ¿Cabe la pasión sin amor? ¿Es mentira siempre la eternidad que la pasión promete, y verdadera la del amor?

LA PASIÓN NO puede durar mucho porque es agotadora, demasiado ardiente, demasiado destructiva y el amor, que tiene que multiplicar, que tiene que enriquecer, se vuelve contra nosotros mismos.

EL APASIONAMIENTO EN la literatura es demasiado irreal a mis ojos. La vida hedonista que, eso sí, yo veía multiplicarse en nuestro entorno, necesita cada vez un placer mayor y, a ser posible, diferente. El hastío de lo conocido y lo reconocido impulsa a mirar por la ventana...

LAS GRANDES PASIONES no son las que nos cuentan las novelas, sino las que nunca nos cuentan las novelas, por la única causa de que contarlas no es posible. Supongo que consisten, sí, en numerosos y muy graves sufrimientos, y les doy las gracias por compadecerme; pero también en grandísimos deleites, perdón también por la palabra. Las grandes pasiones tienen tal intensidad que hacen familiar y simple la idea de la muerte, porque es preferible morir a dejar de vivir en este ardiente arrebato, que se resiste a ser expresado con palabras. Cuando se han conocido el cielo y el infierno, este mundo es una aburrida tontería. Cuando se han conocido la angustia y también la serenidad compartida que suele seguirla, la aventura papanatas de una vida apacible se convierte en una broma infantil y pesada.

AL PENSAR EN seres consumidos por la pasión, los nombres que se me ocurren son de mujeres. El hombre cuando ama siempre está mirando hacia otro sitio, siempre tiene algo que hacer, la cabeza vuelta.

PLACER

EL *PLACER,* MÁXIMA aspiración de la vida social, ha sido una palabra con malísima prensa eclesial. Su plural era un veloz visado hacia el infierno; el *deleite* —sobre todo, el carnal—, un término vitando, considerado peligroso hasta cuando los místicos, de quienes siempre se ha desconfiado, lo empleaban. Y, no obstante, el adjetivo *placentero* no quiere decir más que agradable, o sea, algo que causa un placer sosegado y sin excitación.

QUIZÁ EL PLACER es sólo cosa mental y por tanto humana. Para moverlo a satisfacer con más prontitud sus instintos y sus necesidades, se le otorgó el placer al hombre.

CONFUNDIR AMOR Y placer físico es de torpes. El placer es sólo uno de los lenguajes del amor; pero son muy distintos, a veces incluso contrapuestos. El amor es una exaltación de lo humano, mientras que el placer puede manifestarse como una manifestación de lo animal. Hay que mantenerse en un complicado equilibrio... De ahí que uno y otro se busquen a menudo en fuentes muy distintas, y que en pocas vidas coincidan largo tiempo. La exacerbación y la ciega búsqueda del placer nunca tienen como lazarillo al amor. El amor personaliza siempre; el placer no distingue, o distingue apenas: ése es el porqué de los cuartos oscuros de algunos bares. El amor no es ciego de ninguna manera, usa los ojos, pide a su modo permiso para acercarse. El placer, al revés, entra a saco y sin distinciones...

ADAPTARSE AL PLACER que proporciona el lento y bien saboreado contacto corporal; a valorar, más que la triunfante penetración, la sabrosa compenetración; más que la posesión a sangre y fuego, las demoradas caricias tan hábilmente deleitosas. Existen valores humanos, independientes de que haya otra vida de tejas para arriba, que no puede entenebrecer el penúltimo tramo de ésta. Es imprescindible que esta vida permanezca íntegra hasta su término, con sus ofertas y sus recortes...

SIEMPRE ME HE preguntado si es la felicidad lo que el amor pretende. El amor físico proporciona el bienestar del cuerpo y cierto olvido, en un estado de reposo y de serenidad. Pero ese placer, por su naturaleza, es limitado y precario; te despierta de un sueño y te enseña tu propia frustración. En vez de ser un lugar de encuentro y de cita, puede ser un factor destructivo, mecánico, repetido y absurdo si no desemboca en otro placer de otra naturaleza.

SI EL PARAÍSO no es felicidad y placer, ya me contará usted si va a ser una sucursal de Banco...

EL DOLOR ES una prueba más honda del amor que el placer, y deja una huella más profunda. ¿El verdadero amor no es el que perdona y empieza cada día?

LOS PLACERES SE parecen más unos a otros; mirando para atrás, difícilmente identificaría ése o aquél. El dolor, por contra, es inconfundible.

EL PLACER SE asimila a sí mismo; acaba por confundirse con otro, y no es jamás infinito. El dolor no se parece a nada, ni a él mismo un segundo antes, ni a otro dolor; no se repite nunca, y puede prolongarse sin medida en extensión y en profundidad.

NO DA DOLOR el placer que se recuerda: lo que nos duele es no haberlo gozado, no haber sabido con plenitud entonces que aquel sabor entreverado era el placer. El presente perdido es lo que duele, los buenos días perdidos.

SIEMPRE HE ESTADO, en el amor físico, más preocupado por el placer del otro que por el mío. Lo cual me ha distanciado, sin vuelta posible, de lo que sucedía, y me ha impedido abandonarme, como quien se hace el muerto en el agua marina, al oleaje del deleite carnal. Muy tarde he aprendido que el placer es también contagiable, y que gran parte del placer del otro la constituye el placer provocado por él mismo en nosotros.

Recuerdos

Si nos penetra el mar
es porque somos él:
nos confundimos...
Como si fuese la primera vez
o la última vez,
como si fuese la vez única...
Para ciertos recuerdos
hay un álbum de agua.

A VECES TE asaltan, te acosan, te derriban, te inmovilizan sobre el suelo; o se desprenden de las altas y poderosas ramas del olvido como enmascarados seres enemigos. A veces, por el contrario, aparecen igual que impuntuales invitados, tropezando y balbuceando, cuando ya habías dejado de esperarlos, y solicitan permiso para entrar. A veces están dentro de ti, brotan, crecen, se invisten de facciones, modales y actitudes conocidos, aunque borrosos ya, se incorporan frente a ti y te miran, con rencor o con delicadeza, de hito en hito... Tú sabes quiénes son: son los recuerdos...

EL PASO DEL amor a la indiferencia es un salto difícil: no se da casi nunca. Queda un resquemor, o una afición indulgente y templada. Lo que, en el caso de la muerte, produce el olvido no es el desamor, sino la inmovilidad de los recuerdos, que van perdiendo lentamente la partida. Se trata de una casa cuyos deterioros ya nadie reconstruye: se la visita, pero no se la revoca, no se la vive, y las goteras, las humedades, las sabandijas, las intemperies, la menoscaban y la afean, hasta que los visitantes cesan de acudir. El camino del olvido es el inverso al del amor. Pero en ese regreso a la previa indiferencia, bajo luces distintas, se ven paisajes que no se habían visto a la ida. Y es que ya somos *nosotros* otra vez. Los recuerdos se diluyen, sin perderse, en el iridiscente líquido de la vida, y al diluirse pierden su amargura. Porque van ya camino del olvido, que no los borra sino que los traspone y les permite volver de tiempo en tiempo: evocados, llamados, no ya presentes a todas horas como estaban. Y luego ya, por fin, tampoco llamados, sino sobrevenidos sólo por descuido, o al tropezar con algo suyo que los identifica, mansos definitivamente y fraternales, como envueltos en el cariño con que se envuelven los recuerdos falseados de la infancia. No agresivos como eran, no puntiagudos, sino redondeados igual que los guijarros de los ríos, lisonjeadores y fecundos.

Pero, como los recuerdos, hay también desdichas que nos asaltan demasiado tarde... Son ésas las que no tienen remedio.

QUÉ DIFÍCIL ALZAR los puentes levadizos y quedarse con uno mismo a solas. Porque uno no está solo ni dentro de uno mismo. Ni dentro de ese cuarto oscuro, donde apenas si nuestra propia consciencia se atreve a pisar. Cuando a él llegamos nos están esperando, sentados, los recuerdos, las largas hemorragias mal restañadas, voces que un día amamos, manos cuyas caricias se perdieron, temblores abolidos en el resto visible de la casa.

SE DICE, Y es verdad —y sería verdad—, que es la vida un vaivén entre el recuerdo y la esperanza, y que cuando pesa más el primero la soledad nos rinde: el recuerdo hace poca compañía si no se lo comparte, si no es un trampolín o una pértiga que ayude a saltar más.

LOS RECUERDOS, COMO los buenos amigos, se incoan y fortifican con el curso del tiempo; un día miramos alrededor y allí los descubrimos. Crearlos conscientemente no suele producir buenos resultados.

LOS RECUERDOS NO pueden heredarse. Son flores esporádicas y silvestres que nacen donde menos se espera, incluso contra la voluntad del dueño de la tierra; su vigor se prueba mediante la resistencia al deseo de extirpar su simiente.

NO ERES TÚ el dueño de los recuerdos. Ellos se acercan o huyen a su antojo. Se reflejan en un espejo en que el vaho del tiempo emborrona los perfiles; cuando deseas percibirlos mejor, frotas con tu mano la superficie que fue brillante, y sólo ves tus ojos acechando.

NADA FUE EN realidad como lo recordamos. Ni el dolor, ni la felicidad. Es el tiempo quien firma el cuadro de ayer; quien espiga en el pasado, y nos lo ofrece teñido de colores distintos. Porque no sólo cuenta el tiempo en que el pasado transcurrió, sino el que luego sobrevino. Es decir, contamos también nosotros, los que recordamos: los sucesivos presentes que nos fueron haciendo lo que somos. Qué peligroso volver.

EL PASADO NO vuelve al evocarlo. Nadie puede aspirar a revivir ni amores, ni placeres, ni tormentos siquiera: otros recuerdos, en aluvión, han deformado aquéllos. El olvido no existe, pero tampoco la constante presencia. El recuerdo da por supuesta su irrealidad: hay que apoyar o deshacer recuerdos con recuerdos. Igual que un museo de ciencias naturales reconstruye un antediluviano animal con unos cuantos huesos, tú intentas hoy reconstruir tu vida. No es así, no es así: la vida se construye y se destruye. Nada más. Y hay que seguir viviendo.

AFORTUNADOS LOS QUE pueden borrar recuerdos con recuerdos. Porque hay recuerdos que se quedan fijos como tatuaje y, mires donde mires, se levantan inundándolo todo, emborronándolo todo como el llanto en los ojos.

¿EL AMOR, O el recuerdo del amor es lo que nos sostiene? Porque lo real se halla siempre más distante que su reflejo. La vida y el amor son sólo el agua que espejea: en ellos lo inasible es lo más próximo.

ENTRE EL RECUERDO y la memoria hay mucha diferencia: el primero es la depuración de la segunda; cuenta con ella como el tesoro cuenta con su isla misteriosa, como el cuerpo con su alma.

HEMOS DE REVIVIR (no sólo recordar) los momentos en que fuimos esencialmente amados, imprescindibles para alguien; cómo reaccionamos bajo aquella mirada, bajo aquellas palabras susurradas, con aquella carta en las manos... Nada pasa: basta desclavarlo, como un cuadro, de nuestra memoria y exhumarlo de nuestro corazón... Quizá es ahora, más que entonces, cuando nos damos cuenta de que de verdad vivimos en ese instante lo mejor de la vida. Cerca de una ventana, en un atardecer sombrío, con las manos vacías o con un caleidoscopio entre ellas, revivimos lo que nos sostuvo y nos consoló hasta hoy, aun sin percibir que era aquello lo que nos consolaba y sostenía. Si todo estuvo bien, todo está bien. Porque somos los mismos que ayer fuimos, y nuestra historia tiene capítulos en que, de cuando en cuando, debemos albergarnos.

SEDUCCIÓN

SEGÚN NUESTRO DICCIONARIO, seducir *(seduir,* en catalán; *seduire,* en francés; *seducir* o *encalatrar,* en gallego; *liluratu, xarmatu, okerbideratu,* en...) es engañar con maña, persuadir suavemente al mal, o embargar y cautivar el ánimo. Como casi siempre, yo no estoy de acuerdo: puede seducirse para el bien (no hay que negarle, por principio, a la bondad tal arte; los académicos, acaso por su edad, son poco optimistas), y puede seducirse sin otro fin que la propia seducción, que ya es bastante.

LA VERDADERA SEDUCCIÓN es un gesto moral o inmoral, pero anímico —por tanto, sobre lo físico— y activo —por tanto, modificador de la realidad—. La verdadera seducción es una estrategia, aspire a lo que aspire, aunque no aspire a nada fuera de sí misma.

LA SEDUCCIÓN NO se puede ejercer deliberadamente: surge y se despliega, o se padece, de forma espontánea. Luego, cuando hemos sido seducidos y, ay, abandonados, podremos opinar sobre el momento en que perdimos el dominio de nuestra voluntad, que fue sustituida por una especial forma de sonreír.

PRESCINDIENDO DE SU intencionalidad, hay seductores inconscientes, semiconscientes y conscientes. La belleza es un buen ejemplo de seducción inconsciente, y el encanto, de seducción semiconsciente. Pero la inmediatez de la belleza no constituye una verdadera seducción: es un dato a favor y nada más. (Tan a favor, que suele ser inexpresiva por exceso de confianza. La belleza comparece, y arrebata: no precisa más.) El encanto, sin embargo, no es sólo una presencia, sino un ejercicio.

OTROS DOS TIPOS de seductor: el constante, es decir, el que despliega incansable su atractiva cola de pavo real —cuyas plumas tienen, por otra parte, tan mal fario—, y el circunstancial, al que mueve un estricto interés. El primero es quien, so pretexto de seducir a alguien, se seduce a sí mismo, se autocomplace, solicitado por una perenne necesidad de afirmación. El segundo es el que Don Juan personifica: más que en el placer que el cuerpo rendido le ofrece, y más aún que en el placer del abandono, halla su gratificación en el hecho mismo —efímero y renovado— de seducir. A alguien en concreto, sí, pero además meticulosamente elegido. Se trata de un coleccionista, que conoce muy bien el valor acumulativo de la seducción, y se fija metas cada vez más arduas. La fama de seductor, es, de por sí, un arma afilada, porque quien se aproxima sabe que se está poniendo a tiro, y un fascinado es ya carne de seducción.

EL SEDUCTOR NECESITA siempre un segundo de seducción previa. Ningún seductor empieza a seducir si no ha sido un poquito seducido ya. Le tienen que dar pie. Y entonces empieza a seducir. Pero hay alguien que lo ha seducido ya: con una mirada, con un parpadeo, con un dejar caer la mano de una manera misteriosa, con un suspirillo... Entonces, el seductor, seduce.

LA RELACIÓN SEDUCTOR-seducido es versátil. Se asemeja al síndrome del preso-carcelero o del secuestrado-raptor. Una ambivalencia confunde sus límites. ¿No habrá sido el seductor, de refilón, previamente seducido? ¿No es una inicial seducción pasiva la que pone en marcha los resortes de la seducción más visible? ¿No echó antes el seducido las bases, seductor incoado, de la seducción que lo va a cautivar? Existe un vaivén, unos imperceptibles movimientos del alma, que sitúan por fin a cada parte en la posición que en el fondo apetece. Cuando Kierkegaard asegura que una de las dos ha de ser engañada, asegura demasiado y lo improbable. ¿Quién engaña a quién: el que tomó la iniciativa previa, o el que solapadamente la provocó? ¿Y quién es capaz de averiguar cuál fue la real iniciativa previa? El alma humana, seductora o seducida, está llena de plazuelas recónditas. ¿No es lo más frecuente que la entrega, de cuerpo o de espíritu, revista forma de resistencia, y que la seducción ostente el exterior de una conquista, siendo así el *suavemente* de la definición contradicho por un *a fortiori?* ¿Y no es lo más frecuente el que tal resistencia y tal conquista sean ficciones? Hasta qué punto los jugadores conocen, no obstante, sus instrumentos, sus bazas, sus papeles? Sólo en la libertad hay auténtico amor: pero así como el amor actúa *sub specie aeternitatis,* la seducción obra *sub specie libertatis.* (Sólo *sub specie,* porque la libertad en ella es apariencia pura.) Una prueba: la técnica del seductor ¿es la frialdad, o el apasionamiento, o es la frialdad y el apasionamiento fingidos? Para imbuir el apasionamiento en el seducido, ¿conviene al seductor contagiarlo del suyo no sincero, o provocárselo con fría precisión? El seductor avezado ¿no actuará yendo y viniendo de la propia emotividad a la ajena, según los casos, al ritmo de la improvisación? ¿Hay reglas fijas en la tentación, en la sonrisa, en la complicidad?

E L SUSCEPTIBLE DE seducción —no sólo la mujer, sino el hombre también—, ¿no es alguien que busca su finalidad, o la pone, en otro? ¿No es el amante —¿y quién dice que el amante coincida con el seductor, y el amado con el seducido, ni al revés?— un ser que se altera —se hace otro—, se enajena —enloquece, está vendido— en función de otro; o sea que remite el eje de su personalidad exacerbada, y su sustento, a otro poder y en él abdica? ¿Y no sería terrible para ese *alguien en busca de apoyo* no ser seducido por el anhelado seductor? ¿Quién será el responsable de este enigma, si es que hay un responsable?

¿POR QUÉ NO se habla de la pereza del seductor? Cuando le sobreviene el cansancio, y su irisada conversación se convierte en un eco lejano y flotante, simples sonidos que emite y se oye emitir sin vibración ninguna. Cuando sabe que se espera de él el amago de retención, la mano que acaricia una lágrima, la frase justa que obligue a llorar... Y no lo hace. Y no la dice. Porque siente pereza. Y nota la sorpresa y la frustración en el rostro del seducido, como un actor a quien no se le da la réplica ensayada. Pero deja caer al suelo sus imperios.

LA SEDUCCIÓN ES siempre buena en un aspecto: orea al sexo de su urgencia animal, lo entretiene, lo disfraza, lo colorea.

AUN PARA LOS que no aman, el amor es siempre seductor, y el que adivinan provoca el suyo propio.

SENTIDOS

Los sentidos son los puentes levadizos a través de los que nuestras más o menos profundas moradas interiores se comunican con el mundo, incluyendo en él a nuestros semejantes. Tales puentes, con inoportuna asiduidad, en lugar de estar abatidos y fáciles al paso de cualquier sensación, están levantados con el fin de impedirla, o, al menos, obstruidos para que nada entre del todo con plenitud y con comodidad. El resultado es que vemos la vida a rachas; que la saboreamos aprisa y sin regusto; que la oímos sin atención; que la olemos fruncidos y a distancia; que la palpamos como si quemara. O sea, que vivimos a medias.

Es imprescindible no perder los sentidos, ejercitarlos, afinarlos, escapar hacia la Naturaleza por cualquier puerta a medio abrir. Los sentidos somos nosotros; en ellos consistimos. Por sus ventanas nos llega el mundo y salimos al mundo. Quedarnos sin todo él, variado y jocundo y portentoso, es quedarnos con media vida sólo, con media creación y con media alegría.

No sé si el hombre ha perdido el sentido, pero sé que ha ido perdiendo los sentidos. A fuerza de comunicarse más que nada con la palabra, se está empequeñeciendo; reduce sus posibilidades y corre un riesgo enorme: el de exiliarse: tan fácil es jugar al escondite detrás de las palabras, y utilizarlas para desentenderse, lo contrario del fin para el que fueron creadas. Ya el oído es un órgano de por sí laberíntico Parece que el ojo y el olfato engañan menos porque van de frente; pero cada vez nos aleja más el olor, en lugar de atraernos; cada vez recordamos menos ciertos olores que nos emocionaron; cada vez tratamos con mayor denuedo de no oler a nosotros mismos. Con los desodorantes y los perfumes nos vamos igualando, somos intercambiables. Los pasos del amor, tan frágiles, necesitan andariveles, apoyarse en olores recónditos, personalísimos, como el balancín de los funambulistas. Y, sin embargo, pretendemos enmascarar la exhalación de nuestros sudores, de nuestro vello, de nuestra lengua. Y se confunde, ante la uniformidad, el amor y tropieza... ¿Y el sabor? Aparte de que nuestra boca, cuando se ofrece a otra, no sabe más que a menta o eucalipto —cuando no a violeta, que es más triste—, todas las cosas saben cada día menos a ellas mismas. Los hermosos frutos, por ejemplo, cultivados en viveros con prisa, madurados en cámaras, apenas si son una vislumbre, un vago eco de sí mismos. Igual que la noticia, en un periódico, de un crimen pasional: se da el número exacto de puñaladas, pero no la desesperación, no los celos infinitos, las horas infinitas de soledad, la ceguera fatídica y roja del desamor.

La naturaleza es una vieja avara, a la que lo único que

le interesa es su propia continuidad. Por economía le ha dado a todos los sentidos utilidades paralelas. La mano se mueve, transporta y ordena los objetos, pero acaricia también. El ojo ve y llora. La nariz respira y se siente atraída o repelida por el olor. Los oídos perciben las señales de sobresalto, pero también la música. La lengua saborea los alimentos y los besos... Fornicar es someterse a la animalidad, pero el hombre ha inventado el sentimiento que lo embellece todo. Este mundo no ha sido creado para nosotros: en él somos una excepción desnuda e intimidada sobre la tierra, poseedora de un arma sólo: la razón, equivalente a los instintos protectores del resto de los animales... La naturaleza crea sin ton ni son, como una rana o un pez que depositan sus huevos o los fertilizan porque no se les ocurre otra cosa que hacer. Por eso con nosotros corre el riesgo de fracasar; de que, por ejemplo, precisamente por causa del celo amoroso, una pareja, en lugar de procrear, que es lo previsto, decida suicidarse. El amor es evidente que no entraba en los cálculos de la naturaleza ni quizá el pensamiento que lo produce. Y así resulta que un náufrago que se ahoga es más grande que el mar, porque el náufrago sabe que se muere y el mar no sabe que lo mata.

TODOS VIVIMOS Y respiramos el flujo y el reflujo del mundo natural: el ritmo de las estaciones, los sonidos, olores, tactos, retozos de la luz... Percibimos el sabor de los alimentos y el abrazo del amado, nuestra vitalidad y la tierra bajo los pies. A través de nosotros pasa un anhelo que nos podría llevar más allá de lo que vemos; pero hay una parte de nuestro ser que, en el mundo de los sentidos y de los instintos, se halla seguramente en casa. Seguramente aquí y ahora, o sea, en el presente. La vida es el presente nada más, me parece. Hasta la eterna, de la que con tan poca precaución hablamos, sobre todo la eterna, es el presente puro. ¿Cómo vivir en el ayer? Sería una incipiente manera de morir.

DE TODOS LOS sentidos, el que más me impresiona y al que mayor curiosidad me lleva es el que enumeramos en quinto lugar —no hay quinto malo—: el tacto. Los otros cuatro están situados en lo que aparentemente poseemos de más personal: la cabeza, nuestra pequeña parcela de siete pozos; sin embargo, son, si es lícito expresarse así, más fríos, más equilibrados, más objetivos, más ecuánimes. Permanecen ahí, acechantes, en sus cuévanos, como incrustados en nosotros. Por el contrario, el tacto es nuestra frontera toda; nos envuelve por donde quiera que vamos; es, en cierta forma, nosotros.

EL HOMBRE ES su anhelo de comunicación. No obstante, parece que hiciera lo imposible por no comunicarse. Él es su territorio y, como un animal, lo marca y lo clausura. La piel es su frontera: allí se acaba. Y levanta murallas entre sí y los demás. No conozco alianza más fundada que el tacto, ni expresión más directa que el contacto. Pero cuánto falso pudor, cuánta desconfianza, qué temores.

EL TACTO ES infinito: el gran puente levadizo entre los humanos: sin él, el niño no se desarrolla y los mayores esmorecen. Hay que acariciar. Hay que mimar. No se puede sustituir el tacto por la vista. Hay que reconocer y percibir con las palmas de las manos, con las mejillas, con los labios...

NUNCA NOS TOCAMOS los unos a los otros lo suficiente. Hay personas que, sólo al morir, se darán cuenta de que no han besado ni han sido besadas las veces que les correspondían; de que no se han enternecido, ni emocionado, ni llorado con otros, ni reposado en otra boca, ni dado la razón por gusto, ni dicho unas palabras dulces y aromáticas, ni arrullado igual que un palomo las veces que debieran... Porque eso es ser de verdad humano. Y lo más doloroso es advertirlo cuando es tarde y no hay remedio; cuando hemos echado de nuestro alrededor los ojos, los labios, el cariño, las manos, los compinches que habríamos tenido que atender.

EN EL TERCER Mundo —qué risible ufanía la del que distribuye el ordinal— aún se toca la gente sin precisar la excusa del amor: van los hombres del brazo, cogidos de las manos, enlazados los dedos, por la calle. No temen la ternura. Se encuentran con júbilo, se besan, se oprimen uno a otro, se separan, se miran y vuelven a oprimirse. Hasta la lucha, si es cuerpo a cuerpo, tiene algo humano: es un trato violento, no una anónima bomba que, sin remordimientos, mata seres anónimos.

SENTIMIENTOS

EL SENTIMIENTO: ESE misterio cálido, esa luminosa niebla por donde la razón avanza a tientas, ese empujón del alma.

[¿QUÉ ES EL sentimiento?] un camino por el que se avanza juntos y coincidentes.

EL HOMBRE ES un ser sentimental. Más: fuera del sentimiento apenas existen grandes creaciones. Lo que ocurre, como en todo, es que los entusiasmos iniciales se agotan a medida que van distanciándose del ideal propuesto. Por eso el hombre es un sentimental fallido, un sentimental desencantado: porque conoce su incapacidad para sostener, a través de toda su vida, un sentimiento.

EL HOMBRE ES un sentimental *falleciente,* como habría dicho san Pablo, que no lo era. Hoy nos avergonzamos de sentir. Se nos antoja una debilidad, una feminidad, una fisura: por el sentimiento podemos ser heridos de muerte. (Como si no fuese eso quizá lo más humano.)

LO QUE NOS acerca o nos separa no es la riqueza o la escasez, sino la existencia de un deseo común, de una admiración simultánea, de un regusto en los labios de belleza. Y eso son sentimientos que no cuestan dinero; que el hombre, aún no deformado, siempre trae al nacer.

LOS SENTIMIENTOS NO están hechos para manifestarlos *in artículo mortis,* sino para teñir las relaciones de quienes los poseen. Pero los seres humanos solemos ser muy tontos. Por no exteriorizarlos vamos de malentendido en malentendido.

YA SON ESCASOS quienes exhiben —y menos los que escriben— los propios sentimientos: los hemos condenado, como parientes locos, a los más hondos sótanos. Llamamos por teléfono a cualquiera, bebemos cuatro whiskies, tomamos un sedante: el caso es olvidarnos del dolor. Como si el dolor no fuera un patrimonio, y como si hacerse el valiente bastara «para aprender el arte del olvido».

SI EN UNA acera, en una clínica, en un autobús, alguien despierta nuestra simpatía, sonriámosle, alarguémosle esa escala sutil de la sonrisa, y recibamos la que se nos tienda. No seamos sólo sentimentales *in extremis,* porque corremos el riesgo de morir de repente y en la más abrumadora soledad. No estoy nada seguro de que la salvación del hombre —si es que la tiene todavía— venga por otro lado.

LA HUMANIDAD, DE una forma casi filial, instintiva —y muy justificada—, confía más en la mujer; descansa más en ella. Por si fuera poco, parece que los sentimientos que caracterizan al ser humano logran, en el alma femenina, una floración y una cosecha especialmente luminosas y visibles.

YO NO HE aprendido sino aquello que siento. Creo que no se puede aprender nada si no es a través del corazón, si no es a través del sentimiento. Lo demás se aprende en frío y, como no somos una cámara de frío, se nos pudre.

Sᴇxᴏ

HE OBSERVADO A los seres humanos y, antes de comprenderla, me sorprendió la importancia que le dan al sexo. No es que lo tengan, es que lo son. No me refiero al exterior, ni en el estricto ni en el amplio sentido: ese salta a la vista, o los rodea como un aire que no cesa, a veces cristalino, irrespirable a veces.

Me refiero a esa llamada desde dentro que se abre como una oscura y delicada flor, como una oscura y delicada herida. No ya en respuesta a otra persona, sino a ellos mismos.

Me refiero a la voz de su sexo personal que, sin que ellos sepan ni por qué ni para qué, despierta, se despereza, frota sus ojos y comienza a observar su alrededor. Igual que lo hacen ellos al nacer...

Y ese sexo íntimo amanece tan pronto, y su entorno más inmediato son quienes lo tienen y a su vez son tenidos por él, y el propio cuerpo coge tan a mano, y queda, sin embargo, tanto tiempo para que pueda la nueva fuerza, secreta e invencible, ejercitarse y salir a la luz y escudriñar su fin...

Me pregunto si aparece el sexo en un momento dado, o es anterior al nacimiento y se llama ojos, boca, madre, padre, genes, vientre. Y, en el caso de que esa fuerza sea ellos, ¿por qué no se lo manifiestan enseguida? ¿No les enseñan enseguida su nombre y su apellido de familia?¿No es el sexo más personal aún, más decisivo, más glorioso, más útil, más alegre?

Abandonan a sus niños como robinsones en una isla misteriosa. Nadie les dice nada. Nadie asiste, con ojos afectuosos, a su transformación, a su embrollo, a su intrincado desconsuelo... O, al menos, nadie se lo hace saber.

Los seres humanos habéis ensuciado el sexo. No recordáis que, en vuestro libro sagrado, al principio del *Génesis,* se dice que Adán y Eva, en el Edén, «estaban desnudos y no se avergonzaban». Como aquel inicial, el sexo es siempre equívoco, utilizable de múltiples maneras, ubicuo, inagotable y, sobre todo, inocente. En cualquier caso, inocente. Un sexo anterior a la estúpida manzana y a la comprensible transgresión; anterior al conocimiento del bien y del mal, que vino a teñir este asunto para siempre...

Los hombres ofician el papel de Dios, de su Dios inventado: enturbian las aguas transparentes, plantan el pecado en un terreno no apto para él, recogen la siniestra cosecha, y, por fin, con conminatoria trompetería, arrojan a los cándidos del lugar pacífico, inofensivo y jubiloso del que ellos, por tradición, fueron a su vez arrojados. Los adultos civilizados han convertido el sexo en una asquerosidad.

Ni Adán ni Eva en su paraíso, ni los niños en el suyo, tan conflictivo por otra parte, son ignorantes del sexo. Sencillamente porque son él y algunas cosas más alrededor, no muchas. Por eso ellos son los únicos verdaderamente puros y verdaderamente incontaminados... Pero los adultos, vengativos de lo que con ellos hicieron, o envidiosos de aquel irrecuperable Edén, impurifican el sexo, lo contaminan, lo hacen arma de crímenes y causa de dolor... ¿Llegará una generación que, en cuanto al sexo, se decida a ser inocente y previa para siempre? Ella sería la primera a la que nadie se atreverá a echar del verdadero, interior y exterior, Paraíso.

En nuestra época la mayor pasión es poseer, pero casi nadie está poseído por una pasión, o por lo menos no por la sexual. Es curioso que el objeto de la posesión haya dejado de ser la persona amada; es ya el sexo mismo, y con la misma falta de implicación personal con que se posee el resto de los bienes: una casa, un coche, un avión. Se disfruta de ellos, pero no somos ellos. Y eso ha producido un distanciamiento, un enfriamiento agravado por diversos temores, que conduce a la modificación sustancial de las relaciones sexuales. Porque creemos saberlo todo sobre el sexo, y es falso; el misterio del sexo sobreviene: seguimos sin saber por qué alguien nos excita y alguien no, por qué alguien nos satisface y alguien nos defrauda. No es sólo un vaso que se bebe y se deja, o no es sólo eso. Hemos evolucionado en este campo con una prisa —aparente más bien, y de la que alardeamos— que dificulta nuestro cumplimiento. Queremos tener hoy a nuestro alcance cuanto deleitó a todos los hombres que nos precedieron: el fuego y la caza de los primitivos, el furor sexual de la humanidad adolescente, el juego intelectual que apasionó a los griegos; incluso, suscitada por esta fase calvinista de acumulación de bienes, se adivina la búsqueda de la espiritualidad que caracterizó al Medievo, pero sin su fe ya ni su sometimiento. Queremos, pues, todo; lo que quizá sea el mayor camino de quedarse sin nada verdadero. Recuerdo el verso de Gaspara Stampa: «*¡Si lontano l' un l' altro il corpo e' l core!*» «Tan lejos uno y otro el corazón y el cuerpo.»

LA PALABRA SEXO, si se pretende entender en lugar de abolirla, no es unívoca. De no simplificarse para salir del apuro, tiene tantos significados como personas sexuadas: que no son las poseedoras de sexo, sino las poseídas por él. No se trata de algo que sucede inadvertido salvo en la cama: nos configura y nos define. Es omnipresente, como el aire que respiramos, en el que nos movemos, sin el que no viviríamos. En su lado invisible es donde decide su mayor trascendencia.

EL HOMBRE ES hombre, entre otras razones, porque tiene sexo. Si no sería otra cosa: árbol, ángel, estatua, qué sé yo: otra cosa menos entretenida, desde luego.

EL SEXO NO es una actitud que se tome para siempre. En eso es lo mismo que el amor, por mucho que nos empeñemos. Nadie quiere acostarse con todos los guardias de la circulación porque le haya gustado uno. Ante todo, el sexo es una experiencia individual, privada, placentera y probablemente irrepetible, aunque se produzca otra vez con la misma persona.

EL SEXO NO es un delincuente que amenaza nuestra vida.

Dios lo quiso y, por tanto, esconderlo, ignorarlo, fingir que no se tiene, es exponernos a comportamientos muy confusos.

EL SEXO ES un impulso absolutamente sagrado, y está por encima de todo. No hay más que uno, un solo sexo.

TODO LO SEXUAL que no esté envenenado por la traición, la prepotencia, la deslealtad, la vanidad o la codicia, es bueno.

EL SEXO ES un reducto donde debe decirse un «yo te amo» libre de imposiciones colectivas.

EL SEXO DESNUDO, el auténtico, siempre fue antigregario, siempre fue antisocial: el individuo se ocultaba para que el enemigo no lo sorprendiese reclinado, desvalido e inerme.

LAS MUCHACHAS QUE por todo vestido llevan su lencería, lo hacen para gustar y gustarse a sí mismas; los muchachos que las miran y se miran mirarlas también están gozando. Todo es sexo: la música, y el sudor, y las luces mordientes, y el aturdido tiempo, y ellos.

TODA MANIFESTACIÓN SENSUAL procede de la tensión sexual, que es lo que nos mantiene. Somos sexo y muy poco más. Él está detrás y delante de todo, porque es nosotros mismos, el principio primero de nosotros. Por muchos negros cortinajes que traten de esconderlo, por mucha funda puritana que cubra hasta las patas del último piano.

EL SEXO ES un perfume (para muchos, sin duda, un hedor: en el fondo da lo mismo). Surge de un punto concreto, o poco visible en ocasiones, o difícil de localizar; pero se expande alrededor. Nos acompaña cuando nos movemos, pero lo dejamos también tras de nosotros como una estela. No es inocente ni culpable, igual que no lo son el agua ni la sangre. Lo que somos lo somos en función de él, por él y para él. Es la fuerza más grande y más sutil.

A MÍ NADIE me dijo nada de niño: sólo mi nombre y apellidos. Y no he averiguado mucho tampoco... Sólo que el sexo que somos no nos ha sido dado para procrear, ni para atrapar enfermedades, ni para elegir por él tanteando como por un pasillo a oscuras nuestro amor, ni como argumento de tragedias. El sexo simplemente no nos ha sido dado: somos nosotros quienes hemos sido dados a él. Como el mar entrega sus náufragos a una isla misteriosa. Es la pansexualidad lo que nos justifica, si es que el hombre necesita justificarse de algo después de haber sido empujado a una vida que no entiende y se acaba... La pansexualidad es la región por la que avanzo, y me pierdo, y me reencuentro.

A LOS SIETE años jugaba con las niñas de la vecindad, o de los amigos de casa, o del veraneo, a juegos tan eróticos que hoy me provocan una sonrisa más abochornada que condescendiente. En rincones de sigilosa penumbra, sin otra guía que el anatema, sin otra luz que los tabúes, trabábamos temblorosas relaciones con los cuerpos ajenos. Llenos de una infinita sencillez y confianza, cómplices sólo frente a los mayores, oficiantes de una ceremonia sólo por los mayores prohibida (pero tampoco expresamente prohibida, sino a través del silencio, de la ocultación, del tapujo y la sombra). Nadie me dijo nada...

HABÍAMOS EMPEQUEÑECIDO TANTO el sexo al reducirlo al pene y la vagina; lo habíamos oprimido entre todos tanto, que cuando por fin retiramos el dedo, saltó de su cajita, como un muñeco de resorte, y nos dio en las narices. Porque no es que tengamos sexo, como no tenemos vida, sino que el sexo y la vida nos tienen a nosotros. En eso la Naturaleza es implacable: se desinteresa de nuestros placeres personales (por favor, no confundir con la felicidad); lo que ella busca es perdurar. Su lujo para conseguirlo sólo es comparable a su cicatería en otras direcciones. No en vano es la hembra humana la única entre todas las especies semejantes que tiene capacidad de orgasmo. (El del macho es necesario para la procreación, el suyo, no.) El sexo, por tanto, podría verse hoy en sus auténticas e inmensas proporciones: somos sexo y muy poco más, ejerzamos o no una determinada actividad sexual, lo que es otra cuestión. Esa misma diferencia la hay entre la poesía como actitud total —el infinito aire que respira el mundo— y su cristalización en el poema. No es que éste quede disminuido por tal consideración —al contrario—, pero no se acaba en él la poesía, que es previa, configuradora suya y también posterior.

IDENTIFICAR EL SEXO con un jardín bien cuidado, bienoliente y fructífero, es una falacia, o una verdad a medias, que quizá sea peor que una mentira.

EL SEXO NO es un jardín de rosas; el sexo estará siempre, por altas que sean las bardas con que se lo cerque, más allá del jardín.

¿QUÉ PALABRAS HAY para designar los gestos físicos del sexo? *Hacer el amor* es una expresión desmesurada: el amor es mucho más que *eso,* y además no se acaba de hacer nunca; es una cursilería francesa para engatusar a los tímidos o a los que se lo fingen. *Fornicar,* da grima, impone: parece de la Biblia, algo poco casero: si a *eso* se le llamase fornicar, se haría mucho menos. La Real Academia —son tan maduros sus miembros (en estricto sentido)— no se ha preocupado de darle a *eso* un nombre o de recoger los muchísimos que tiene. La gente fina todo lo oscurece. (Para ella *hacer puñetas* es una labor fatigosa que consiste en confeccionar los encajes para puños de togas. Una mierda. *Puñeta* dice Quevedo claramente lo que es: «Puñetero, amancebado con tu mano.» Y mandar a alguien a hacerlas es como mandarlo a soplar capullos al parque.) Por tanto, tendremos que conformarnos con la palabra *joder* (que en Hispanoamérica significa fastidiar, qué penita), o con la palabra *follar,* que a ti y a mí nos pone —por estúpidos— la carne de gallina.

EL SEXO NO es sólo biología, es también biografía: la última etapa de un diálogo previo. La penetración no lleva sola a la compenetración. El sexo sin amor es silencioso: en él ningún acercamiento se culmina.

NO HAY QUE tomar el sexo completamente en serio. No hay que atormentarse. Para declarar nuestro amor debemos sonreír. O reír, porque la risa es de niños y de locos: los mejores maestros.

LO AMABLE ES lo digno de ser amado. Cuando uno se hace indigno del amor es porque ha perdido los papeles y se ha tirado al suelo para que lo pisen. Cuando yo era pequeño decía que el cuello, en el amor, sólo sirve para que nos lo besen o para que nos lo pisen. El amor es un invento. Lo lógico es acostarse. El sexo miente menos. El amor lo ha inventado el hombre, que utiliza la razón para protegerse de la carencia de determinados instintos, y con la razón adorna la lucha física de los cuerpos que se gozan mutuamente.

¿BUSCA EL SEXO el placer? Ni siempre ni uniformemente. Busca a veces a través del dolor, pero no ya el placer, sino la personal proclamación. ¿Busca la belleza? No, ni siquiera la subjetiva. La belleza es un vehículo, una llamada más, un despertador más; pero el sexo no la necesita: él embellece lo que mira. Él es previo a todo: a los crueles ritos lujuriosos, a la admiración o al dinero erotizantes, a las costumbres que procuran encauzarlo para que no lo anegue todo. Y, para ejercerlo, ni siquiera necesitamos ser atraídos por la voz del amor: él es también distinto y anterior al amor en todo caso. Yo mismo he escrito: hacer el amor sin amor es como bailar sin música. El sexo es otra cosa. Un baile, cuanto más hondo y primitivo, más produce su propia música de acompañamiento. Para bailar no es necesario emparejarse: puede bailarse en soledad y en grupo.

HAY MUCHO MÁS sexo sin amor. Yo creo que me debo acusar en público de haber dicho que hacer el amor sin amor era como bailar sin música. Me parece, hoy, que hay ritmos hondos, primitivos que sacan la música de sí mismos, que no necesitan música, que son su propia música. Y, por otra parte, se puede bailar solo y se puede bailar en grupo: cada vez se hace más. Es decir, que yo no sé si podría decir, con entera certeza, que hacer el amor sin amor es como bailar sin música. Porque quizá la danza no necesita siempre música.

¿REQUIERE SIEMPRE EL sexo la cálida caricia del amor, o libre de él, imperativo y poderoso, actúa por sí mismo? ¿Habrá de someterse al precepto de la reproducción, que la Naturaleza, desconfiada de su pervivencia, le impone de continuo, o buscará nada más su jocundo cumplimiento? Los gestos sexuales, ¿serán *sagrados* si se alían en ellos el placer, el amor y la potestad misteriosa, obscena y clara, de transmitir a conciencia la vida? ¿Serán *humanos* sólo si se juntan el amor y el placer? ¿Serán *animales* si van encaminados, gloriosa y duramente, al placer puro (impuro para algunos), momentáneo y recíproco, sin otro precedente ni otra consecuencia que su misma alegría? Alguien tan severo como Kant escribió que la expresión primaria de la propia moralidad no es tanto procurar la moralidad ajena sino la felicidad ajena.

EL SEXO ES una posibilidad y no una obligación. Y mucho más todavía el sexo a secas, el que se hace sin amor.

NO ES LA única gloria del sexo dar la vida. Otra —y no la menor— es ejercerla: llevarla a más riqueza, placer y exaltación.

EL ACTO SEXUAL íntegro es, ante todo, una culminación de la fusión y entrega de dos seres, con su cuerpo y su espíritu, que anhelan transmitirse afectos sólo transmisibles —dado nuestro modesto repertorio— con los gestos de amor. Si la pareja quiere o no que su acto fructifique en el hijo, es algo que ella sola debe decidir.

¿Cómo reducirlo a una cama matrimonial, apresurada y aburrida, que desembocará en la dura y estrecha cama de la maternidad?

Lo malo del sexo es que no se hace de un modo reflexivo. Se reduce a unos cuantos gestos mecánicos y a un resultado más bien pobre.

Si estás enfadado, no hagas el amor; si sientes rabia o celos o ira, espérate. Una emanación negativa todo lo vuelve negativo. Cuando te hayas serenado, empezará el momento de compartir: de compartir lo positivo.

Hay que llegar a la cama con el mismo respeto que a un altar, sin rencores, en paz... Así se sube el primer peldaño para llegar a lo más alto. Porque entre la plenitud del amor y la eterna no hay comparación.

He preferido que sea la otra persona, quien tiene que compartir tu vida por el tiempo que sea, la que diga: ¿por qué no compartimos también la habitación?

Antes estaba de moda dificultar el amor; hoy, darle facilidades. Antes ponían kilómetros entre el sofá y la cama; hoy todo el mundo tiene un sofá convertible...

EL SENTIMIENTO, EL amor, es unisex, como las peluquerías, pero desde el punto de vista de las sensaciones físicas no.

ABSOLUTAMENTE NADA QUE ver el goce físico de una mujer con el de un hombre. El hombre hace el amor y las sensaciones que experimenta en él son como un hipo, como un *coitus interruptus* cada vez, porque tiene que reponerse. La mujer no tiene que reponerse de nada. Cuando el hombre termina, la mujer está empezando. La verdaderamente dotada por la naturaleza para el amor es la mujer y ésa es la prueba de que la naturaleza en lo único que no es cicatera es en el amor. Y eso lo demuestra en la mujer, que buscará un buen pene para meterse en la vagina, pero eso es lo menos importante, porque el pene se descarga y se va y ella es la gran campeona del amor. El hombre, con esto de la fecundación in vitro y la vasectomía y todo eso, está llamado a desaparecer como agente amoroso.

¿POR QUÉ SOBREVIENE —al concluir los gestos que no promueve al amor, sino el celo— una tristeza que se enmascara con el sueño, la desgana que se refugia en un cigarrillo, el desolado viaje de vuelta a la realidad? ¿Se trata de una decepción? Quizá, pero no por lo escaso que fue el júbilo, sino por lo infinito que pudo ser en calidad y en extensión: se produjo una muerte que ha interrumpido la inmortalidad; se produjo un atisbo del paraíso antes de que sus puertas se cerraran de golpe. A una eterna y victoriosa fiesta tan sólo el cuerpo fue invitado; y él no vuela, no resiste en el éxtasis. Ahora yace caído como un Ícaro. La soledad extiende sobre el lecho —el campo de batalla— su sábana incolora. Separa con ella los cuerpos de las víctimas, que fueron aliados y cómplices en el asalto mutuo. Terminaron el gozo y la vía del gozo. Ya no queda otra cosa en común —después de que el universo entero giró en torno a este eje— sino la soledad. Y el silencio egoísta de los cuerpos, que vuelven a adentrarse en sus murallas. Todo es frágil aquí: ni el placer dura, ni la dicha; no dura el cuerpo, ni sus claros vergeles; no dura el sentimiento aunque sea verdadero... ¿Por qué ha de durar más el espíritu que impulsa, se esconde, acecha y se regocija tras las ávidas ventanas de la carne? Unas ventanas bajo las que la soledad resulta lo único persistente.

NUNCA, ENTRE DIEGO y yo, al concluir los gestos que promovió el amor, sobrevinieron tristezas ni desganas. Nunca la decepción, como parece ser frecuente, no por lo escaso que fue el placer sino por lo infinito que pudo ser. Se producía entre nosotros una vislumbre del paraíso, y sus puertas no se cercaban después de golpe: seguíamos hundidos uno en el otro a través de los ojos. No era el cuerpo el único invitado a la fiesta gloriosa. La soledad no extendía luego sobre el lecho su sábana incolora. Quedaban, pervivían, aún más crecidos, el gozo y las vías del gozo, y la familiaridad y la vida en común, y el futuro en común, abatidas las murallas de ambos. Duraban el cuerpo y sus jardines, porque su jardinero era el amor. Duraban el sentimiento y el espíritu que sopla donde quiere, cuando la carne había entrecerrado sus ventanas. A menudo, unidos en el ápice de la voluptuosidad, descendíamos de él a tientas, de la mano, riéndonos, masticando cada uno la risa compartida del otro...

LO QUE SUCEDE en realidad se asemeja mucho al aniquilamiento. Cada uno desaparece o agoniza en los brazos del otro, escudriñando en el otro, trocando su vida por la de él, hasta llegar al estertor final, al paroxismo, que es una aleación, un extravío recíproco, tras del que cada uno va volviendo, poco a poco en sí, distinto ya del otro nuevamente. Qué pena da volver, sería un buen momento para morir «morir de gusto», se dice; se dice y no se hace. No me sorprende que se hable de la tristeza después del coito; se ha evaporado un momento único de gloria, ya aunque pueda repetirse mil veces, cada momento es único... Por el ojo de la cerradura, a través de la puerta secreta, se ha visto el paraíso; una parte distinta del paraíso en cada lance...

EL AMOR HAY que hacerlo con los ojos y con la boca, y con la nariz, y con la lengua, para que saboree todo, y con el oído, para que escuche los gemidos y el movimiento de las tripas y el chasquido de la carne al despegarse entre el sudor... Es un hambre que no debe saciarse. Es como comer aperitivos; como saltar y caer, para volver a saltar y no caer del todo; una voracidad que mordisquea, con el fin de no agotar lo inagotable, con el fin de no dejar de desear.

EN ÉL, EL ser humano se trasciende a sí mismo, se esfuma,

se evapora su orgullo, se le derrite el cuerpo, se suspende el mundo...

SE ES AMADA como absolutamente nadie en este mundo. Se está como muerta... En la relación sexual el alma no sólo participa, sino que es el sujeto de la experiencia. El momento del éxtasis del sexo, por el que tantos crímenes se cometen, trasciende de este mundo, y no obstante es tan breve y tan precario...

YO GUARDABA SILENCIO y contenía la respiración para no ahuyentar al amor, que me pareció siempre un niño temeroso en esos momentos, aunque en los otros, hombre recio y con barba al que nada le arreda. Y entonces aprendía qué es el cielo según el *Apocalipsis* y los *Salmos* y el *Cantar de los Cantares*. Aprendía lo que es el banquete de Dios, y la leche y la miel dentro de la boca del amado, y los Tronos y las Potestades desgranados en música, y lo que había intuido que significaban los corazones de Jesús y María, y el perdón del Cordero que quita los pecados del mundo con su solo balido, y luego, como san Juan, aprendía a quedarme y olvidarme, dejando mi cuidado entre las azucenas olvidado... Antes nunca había experimentado lo que es un éxtasis real, ni una levitación hasta tocar el cielo con los dedos, ni el olvido de sí, del propio nombre y de la propia vida. Antes no había sabido lo que era el limpio amor, sensible y táctil, posesivo y ardiente: el que reblandece los huesos y los hace de oro, y conmueve sus médulas, y te pone al borde del desmayo, o en él, y a él te empuja y te caes, y caes sin temor con los ojos cerrados a todo lo que no sea tu caída...

¿QUÉ ES EL amor si no intuye, si no se adentra a través de la frontera de la piel, si consiente en quedarse preso por fuera, cautivo en el exterior de los amados?

NO UNA GIMNASIA, no una paciencia, no un afán de que aquello se acabe, sino la correspondencia que incrusta un cuerpo en otro, una dádiva en otra, un placer en otro placer.

QUIZÁ LA VEZ que más he penetrado en nadie fue sobre un mostrador. Allí había queso y vino, y, por encima, dos ojos algo oblicuos. Los miré tanto tiempo y de tal modo que me sentí desfallecer, y sentí el desfallecimiento de quien a su través me miraba durante tanto tiempo y de tal modo... Lo que vino después fue muchísimo menos portentoso.

YO DE MÍ sé decir que ni un solo momento de plenitud, ni uno solo que recuerde ha sido fálico.

HACER EL AMOR sin parar tiene que dar por tierra con el diálogo, con el deseo, con la pasión, con el gusto de encontrarse de repente como por casualidad, y con eso de que te regalen un sencillo pin que diga *Visquem en valencià*.

CUANTO MÁS IMPULSIVO es el amor —es decir, cuanto más irracional—, más inmediatamente feliz. Cuanto más irreflexivo, calculado y consciente, no es que se haga más *humano,* sino más aproximado a otro concepto que no tiene, en principio, nada que ver con él. Me refiero al concepto de la prostitución. (Prostituir, por etimología, no es más que *poner en venta.)* En él hay muchos grados. Uno, elemental, es el que confunde los dos instintos: alguien no tiene qué comer, y presta su cuerpo para que le den. No obstante, el ser humano aspira a mucho más que a la comida. De ahí que existan unos prostitutos que sí dicen su nombre —y por las bravas—, mientras otros hacen lo mismo pensando en otra cosa. Putos son todos (puto y puta significan sólo muchacho y muchacha), sean cuales sean su *status* y su sexo y su edad: cualquiera que finja, por un interés no amoroso, los gestos del amor; cualquiera que consienta, sin deseo, el deseo de otro, para obtener algo distinto del puro —y tan puro: acaso lo que más— gozo carnal. Aquí no cabe la caridad ni la beneficencia: o se hace a gusto, o se es puto, se cobre como se cobre: en dinero, en especie, en esnobismo, en fama, o en peldaños.

ORGÍA SIGNIFICA CULTO secreto en que se liberan la espontaneidad y la sexualidad. Y por el cante y el baile y el gesto y el ritmo reiterados se logra la catarsis del pueblo.

LA HISTORIA DE la represión nos cuenta, punto por punto, la de la humanidad. Quizá el hombre en el fondo no se haya empobrecido tanto: basta con tirar de la manta. Quizá no se agotó el sentido liberador de la orgía, cuyo fin es amortiguar la distinción *oficial* de los sexos. La orgía, como necesidad del hombre, como ruptura con lo ortopédico, *como desahogo de lo gregario,* como gesto lustral, como evohé. Por eso muchas religiones —y muchas herejías en la nuestra— la sacralizaron. A nosotros nos tocó apechugar con el sacramento de la penitencia, que es una pesadez, o con la borrachera del sábado, que *justifica* cuanto se haga después. Pero la orgía, que se enraíza en el misterio de nuestra última verdad, perdura imperturbable y silenciosa. Dionisios no ha perdido su tirso. Enhorabuena.

PRACTICAR EL SEXO por vías bucales o por vías anales puede ser tema, en determinadas religiones, de confesión, pero en ningún caso de juicio civil. Entre otras cosas, la libertad consiste en que cada uno se rasque donde le pica, siempre que no pretenda rascar al vecino sin su consentimiento. Donde le pique a él, no al presidente de un tribunal, ni al papa. Si el infierno y la gloria existen, será precisamente porque existe tal libertad.

EL AMOR NO es carnal. La carnal es la carne.

LA SEXUALIDAD ES natural y primaria, íntimamente constitutiva del ser humano, desemboque o no en eso que hoy se llama «hacer sexo».

LA SEXUALIDAD ES sólo un tono más de los varios catalogables, según el sentimiento se ponga en uno u otro, según el amor se relacione con la ciencia, o con la poesía, o con la maternidad.

LA SEXUALIDAD, CUALQUIERA sea su dirección, sirve para ejercerla, no para sentirse orgulloso.

EMPEQUEÑECER LA SEXUALIDAD hasta el punto de reducirla a la genitalidad es una equivocación trágica. Dios es el autor del sexo y de la pareja. El espíritu no tiene por qué avergonzarse de lo que aluda al instinto. Yo no me quedo ni con el puritanismo tradicional, que fomenta el amor sin erotismo, ni con el naturalismo biológico, que, por ir a la contra, fomenta el erotismo sin amor. ¿Por qué la virtud va a ser una lucha constante por evitar todo tipo de placeres? ¿Por qué la absoluta desconfianza hacia lo corporal? ¿Es que el de la muerte es el primer momento en que se consigue la libertad?

LA GENITALIDAD SE refiere sólo a unos órganos; la sexualidad, a toda la persona. De ahí que hoy haya adquirido la sexualidad un contenido más extenso, y que la meta educativa, no como en mi tiempo, se centre en que el niño llegue a vivir con plenitud su forma de ser hombre o ser mujer. Porque, contra lo que se nos enseñaba, el simple hecho de existir nos hace sexuados, y convierte nuestra comunicación en un encuentro sexual (espero no excederme al pensar así), mientras que la genitalidad es una manera de vivir la relación sexual: ni la única, ni la más frecuente o necesaria. Renunciar al ejercicio de la genitalidad no supone, como se creyó, un rechazo de todo lo sexual, a lo que no es posible renunciar y que puede alcanzar un considerable desarrollo sin la utilización de lo genital.

LA PRIMERA NOTICIA que tengo de algo parecido a la educación sexual es cuando me van a dejar en la universidad el primer año. Mi padre me acompañó a Sevilla y me dijo que existían unas casas de mujeres que se vendían. A mí todo aquello no me parecía lógico y no entendía por qué iba yo a ir a una casa que no era la mía a ver a aquellas mujeres. Supongo que mi padre sabía que yo era un muchacho listo y me suponía en el ajo de todo, pero no lo estaba. La prueba es que lo que recuerdo de aquella conversación es que mi padre me regaló unas tijeritas, que todavía tengo conmigo, que eran a la vez una lima y se cerraban y tenían una fundita y a mí me entusiasmó aquel regalo, mucho más que todo lo que me hablaba de aquellas casas de mujeres que se vendían. Yo he estado muy solo en el conocimiento del amor y en el del sexo, siempre. Porque tampoco preguntaba a mis hermanos, que por ser mayores debían estar enterados. Pero en aquella casa no se hablaba de nada, era como un subrayado de la soledad. Quizá es que nadie quería perturbarme y no me hablaban de nada, ni en casa, ni en el colegio, ni luego en los colegios mayores. Como era una persona entregada a los estudios por completo, pues tampoco me interesaba por aquello y las erecciones, que se provocaban sin saber por qué, intentaba que se bajaran a golpes, pero, claro, aquello no se bajaba...

LA MANIFESTACIÓN DE cualquier sexualidad ha de ser consecuencia de un apetito individual, no de un erotismo que soñamos porque se nos negó el derecho de vivirlo, no de un impulso socialmente manipulado o teledirigido. Y si las leyes afirman otra cosa, ha llegado el momento de reformar las leyes.

PARA COMPRENDER LA sexualidad que es núcleo de lo natural, hay que disponerse a incluir en ella muchas cosas que nos resultarían ingratas y que preferimos ignorar: el goce con el daño, el deseo de purgar, el complejo de culpa, la hostilidad, la envidia... Lo responsable de los males en la vida de muchas mujeres no es tanto una ausencia de orgasmos cuanto el deseo insatisfecho de esos orgasmos, que las llevarían a olvidar el aislamiento y la vacuidad en el resto de las áreas de su vida. Estoy refiriéndome a su frustración. Porque el ser humano es mucho más que un conjunto de células vivientes. Por eso la presencia recíproca de dos llega a convertirse en un diálogo íntimo que, con sólo un gesto, se expresa con mayor fuerza que todas las palabras.

NO SE PUEDE marginar el sexo de la vida, aunque no sea más que porque de él viene ella. No es posible prescindir de algo que nos configura, no de forma evidente (eso es lo genital, más inmediato), sino informando y tiñendo nuestro cuerpo y nuestra alma, si es que los dos no son uno tan sólo. La castidad se ha considerado una virtud angélica. Y puede que lo sea; pero no si se estima como la supresión de la sexualidad en todas sus manifestaciones, porque eso es imposible. Si se echa el sexo por la puerta, entrará rompiendo las ventanas: no sé quién dijo eso. La castidad no es sinónimo de continencia absoluta; es llevar la libido, el deseo sexual quiero decir, a un estado de integración y de armonía. La continencia puede llegar a ser un corsé que oprime y que produce sólo una tranquilidad externa, no íntima; que acaba, o suele acabar, manifestándose con disfraces y caretas, por menos aparentes mucho más peligrosos. Un ser humano puede creerse casto porque no experimenta tentaciones; pero ese narcisismo concluye de la peor manera, porque es sólo una continencia biológica, no madura, no adulta, no asumida...

ERA SEXO ANTES del sexo. Estaba edificado sobre una historia de castidad, porque los frailes me habían llevado al disparadero, y antes de saber lo que era el sexo, había hecho una promesa por escrito de castidad, antes de saber lo que era. Antes de saber que lo que tenía entre las piernas servía para algo más que para orinar y hacer tonterías, yo había hecho un voto de pureza... Te recuerdo que tuve una infancia y una adolescencia muy puras, sobre todo teniendo en cuenta que era siempre menor que mis compañeros de clase... Y en aquellos momentos, en un juego extraño sobre la castidad precisamente, se produce el encuentro con el amor. Un encuentro purísimo, pero sexual... insisto, porque aquellas mejillas que se rozan, aquel beso inocente, me produjo un calor que me recordó mi complejo de siempre, porque yo, al contrario de mis hermanos, que eran de una palidez elegantísima, tenía chapetas, me salían chapetas todo el tiempo... Yo detestaba las chapetas y al experimentar aquel roce, reconozco que sentí la fogarada por toda la cara, que me irisaba entero, que me ponía a hervir. Es decir, que había sexualidad.

UN SER ILUMINADO no es ni macho ni hembra: está por encima de esas posturas... El sexo es móvil, cambiante, divertido...

EL SEXO ES único: un natural impulso. Sólo si calificamos el sexo por el exterior del órgano con más frecuencia empleado, y sólo si ceñimos el sexo a la procreación, habrá dos sexos. Por el contrario, si llamamos así a las diferentes maneras de percibir su compulsión, habrá tantos como seres sexuados: desde las vírgenes necias y prudentes a los derviches giratorios, desde las insaciables mesalinas a los extáticos de cualquier religión.

TODO HOMBRE DESEA a veces ser una mujer, y viceversa. Cada ser humano tiene en sí los dos sexos: un hombre es conscientemente hombre e inconscientemente mujer, y al contrario. Cuando el consciente está cansado o se adormece, el inconsciente surge desde su oscuridad y domina.

LA GUERRA DE los sexos es tan aciaga como las demás.

Al toro de la vida lo toreamos al alimón, o nos vamos hombres y mujeres, ya juntos, al corral.

SOBRE LA ANTIGUA dicotomía se alza hoy una definición personal e intransferible: tantas personas, tantos sexos. Se «feminiza» el hombre en la casa, en las relaciones paternas, en el uso de su cuerpo hasta para la publicidad; se «masculiniza» la mujer en los deportes, en la política, en los comportamientos. Los dos mundos anteriores no sólo no son ya antitéticos, sino ni heterogéneos; ambos aspiran a lo mismo: a una realización personal en el amor, en la prolongación de la juventud, en la capacidad de seducir; y a una realización social en la ocupación, en las aspiraciones, en la intercomunicación y en los hijos. Las altas fronteras, que antes se caían sólo con brevedad en la cama; los puentes levadizos, antes abatidos sólo para engendrar, no se comprenden hoy. Sobre sus ruinas, una jubilosa y fructífera confusión: cada sexo ni está solo ni ensimismado.

LOS PAPELES HOMBRE-mujer se marcaban a fuego, como la divisa a los terneros; hoy se intercambian, y el sexo queda más libre para ir de un lado de la frontera al otro. El sexo ha perdido su antiguo tabú, y la revolución actual ha conseguido una especie de disponibilidad y de igualación creciente entre mujeres y hombres que conduce a la permutación entre homo y heterosexuales.

LA BISEXUALIDAD EXISTE, es la actitud más natural, coherente y humana. La bisexualidad o la pansexualidad, porque el sexo no tiene sesos. Somos sexo y muy poquita cosa más. La naturaleza nos da el sexo y luego nosotros ponemos sentimiento en los movimientos bruscos de la reproducción, es decir, ponemos eso que llamamos amor. Todavía es pronto, pero llegará un momento en que la gente se encontrará naturalmente instalada en la bisexualidad.

EN EL SEXO todo el mundo puede ser cualquier cosa. Los dos sexos convencionales sólo tienen una justificación digamos funcional. Es la sociedad, por tradición milenaria y por propia conveniencia, la que nos reduce a elegir (si es que puede llamarse así) entre ser heterosexual o no. Drásticamente... Pero todo el mundo es omnisexual como es omnívoro. Un placer no excluye otro: se puede amar a un hombre y ser heterosexual también.

ANTES, EL HOMBRE alardeaba ante la hembra de su poder social, de sus signos externos, de su éxito, de su trabajo bien remunerado, de sus proezas físicas. La mujer, por el contrario, se reducía a la exhibición de su cuerpo, de su belleza, de su decoración... Hoy creo que no es ya así. Por una parte, la mujer presume de su vida interior, de sus opiniones, de su selectividad; por otra, el hombre cada vez enseña más su cuerpo, la gallardía puramente visual y externa, si la tiene. Ya no es cierto eso de «el hombre desea y la mujer desea ser deseada». Desean los dos y a los dos les gusta ser deseados por quienes ellos desean...Y a los dos les gusta también gustar un poco a todos.

SER HOMBRE O ser mujer no son accidentes de la persona humana, porque pertenecen a su propia esencia, y no es posible tratar de eliminarlos; pero sí se han de eliminar la desigualdad, la superioridad y la alienación. Cuando el amor se reduce al deseo, un ser está utilizando lo más secundario del otro: se limita a su superficie; sin embargo, cabe una comunión —ésa es la palabra— muy honda y vinculante a través de la genitalidad. Por fortuna, la crisis de lo que, con error, se estimó masculino y femenino, se ha consumado. ¿Quién dirá que un hombre o una mujer deben ser hoy lo que ayer fueron? ¿En qué consisten uno y otra? Educación, profesión, afecto, tendencias, actitudes y deberes familiares apenas los distinguen, y en el futuro los distinguirán menos. Lo obligatorio se ha convertido en optativo, y en electivo lo que se tomó por esencial. Los mundos antagónicos anteriores no son ya ni siquiera heterogéneos: ambos sexos aspiran a lo mismo: a una realización personal en el amor, y a una realización moral en el trabajo, en las aspiraciones y en la comunicación.

NO ES RARO que los sentimientos que nos resultan inaceptables los percibamos, o prefiramos percibirlos, como procedentes de los más diversos lugares, cuando en realidad surgen de nuestro interior. Nuestras fórmulas para trocar la naturaleza del deseo sexual parecerán represivas, o mejor, irrelevantes, hasta que lleguemos a comprender qué es lo que lo alimenta. El horror emocional de las mujeres ante un material o una actitud pornográficos procede de que las humilla y las excita a la vez, porque se trata de algo semejante a sus propias y turbadoras fantasías.

Decir que la exigencia de algún tipo de gratificación física es lo que motiva el deseo y el comportamiento sexual resulta fácil. Yo he podido, durante muchos años, afirmarlo a oscuras y desde lejos. Incluso hoy podría decirlo desde el mismo centro de la cuestión. Pero posiblemente esa exigencia consista en la suma de otras exigencias emocionales: las de aprobación y amor; la de expresar hostilidad, dependencia y dominación; la de aliviar la angustia, o curar profundas heridas síquicas causadas por el rechazo, el menosprecio o el abuso, o también la desesperación... Cada uno tiene su particular historia de alegrías y miserias sicológicas; pero hay dos muy comunes: la de la dependencia e impotencia de la niñez, y la enorme importancia cultural dada al sexo biológico, que marca nuestra identidad como hombres o mujeres. Nada puede sorprendernos la ambivalencia, que antes dije, de la sexualidad femenina y sus fantasías masoquistas en una sociedad en que lo femenino es representativo de pasividad, y lo masculino, de fuerza. Y en la infancia fuimos todos pasivos e indefensos, muy especialmente lo sé yo; pero también muy severos en nuestros requerimientos de interés, de gratificación física y de amor. Esto implica, no tan paradójicamente, que tanto la pasividad como el masoquismo en el sexo puedan ser a la vez exigentes, egoístas y placenteros.

ESTAS REFLEXIONES ME hacen dudar de que la Naturaleza estuviese en sus cabales cuando diferenció los sexos para reproducirse. Olvidando, si se puede, las desgracias que al sexo se atribuyen, se trata de un asunto muy costoso. Tanto, que, desde la perspectiva de la evolución, cabría preguntarse cómo tantas especies afrontan tan arriesgado lujo. Basta comparar la reproducción sexual con la alternativa de la asexual, que se reduce a producir clones del original.

En primer lugar, esta parece una estrategia más sabia e inmediata para la propagación de una especie. Cada individuo, con mayor o menor rapidez, obtiene tantos clones de sí mismo como quiera; en las especies sexuales sólo las hembras tienen crías. Y en ellas, los machos son servidores, aunque más llamativos de aspecto para reclamar la atención de las hembras. Hembras, que hacen un trabajo muy duro y largo para sostener el número de miembros de su especie. Yo llegué a pensar que las especies asexuales terminarían con las sexuales. Pero no es así. Las segundas están por todas partes, y no se extinguen presionadas por las que reproductivamente son más eficaces. Acaso porque hay algo que compensa, o incluso supera el coste de mantener a los machos, que ejercen una función mínima. Quizá, digo, se trate de la variedad en la evolución de las especies. Porque los clones son idénticos entre sí; por contra, el sexo mezcla los genes de los progenitores, y mantiene las diferencias genéticas de las crías. Con ello, los individuos de cada especie conservan una flexibilidad muy útil para adaptarse a las mutaciones de una diversidad de circunstancias. Pero entiendo que, así como el coste de los machos es inmediato y continuo, las variaciones son una inversión que sólo proporciona sus ventajas tras muchas generaciones. Y mientras se llega a tal punto, las especies asexuadas han ganado un tiempo económicamente muy valioso: ya se sabe qué cicatera es, a este respecto, la Naturaleza. Si alguien, ignoro si un sabio, realizase un estudio de tal dilema, y observase cómo compiten las especies sexuales y asexuales en un mundo de recursos limitados, comprobaría que las segundas crían, en efecto, más que las primeras. Es decir, a primera vista, una perspectiva convencional aseguraría el triunfo de las asexuales, y la extinción a la larga de las otras. Sin embargo, no sucede así. ¿Por qué?

Se me ocurre que a lo mejor por la monotonía de los clones, tan semejantes unos a otros, que tienden a competir entre sí por los recursos existentes con mucha mayor intensidad que los individuos de las especies sexuadas. Y asimismo los clones se caracterizan por sus preferencias equivalentes, mientras que los miembros que proceden de la reproducción sexual, al ser distintos, compiten menos entre sí, en primer lugar, y, en segundo, pueden explotar un campo mucho más amplio de recursos.

Como siempre, la Naturaleza es más razonable que sus criaturas. De manera que, por la vía conocida, los dos grupos alcanzan una estabilización basada en que la mayor capacidad de reproducción de las especies asexuales viene a frenarse por la también mayor reiteración de sus individuos.

SOLITARIOS

Caminamos
de una vida a otra vida,
no de un pecho a otro pecho:
de la gozosa fiesta hasta la víspera
en la apartada cámara sellada,
por un itinerario
inverso al de la savia generosa:
de fuera adentro, de la compañía
hacia la infausta soledad que somos.

LA SOLEDAD HA de ser interior sobre todo, y respetuosa con el exterior: aliada de las alegrías y los cantos, de las conmemoraciones y de las esperanzas. No obstante, por concesión a los demás nadie debe traicionarse a sí mismo. Hay una vocación de solitario, o mejor, un destino, porque la vocación puede ser contradicha. Al que lo tiene cualquier alienación —hasta la del amor— lo desequilibra; la concentración que supone el amor para los otros produce en él efectos dispersores: la impresión de un caudal que está malbaratándose.

Al conocimiento de tal destino se llega con dificultad, y con más dificultad aún a su aceptación. Por eso se consuma siempre —o casi siempre— en la madurez; por eso, y porque requiere un enriquecimiento previo.

¿ES CIERTAMENTE EL solitario todos los hombres a través de los cuales ha venido hasta aquí, como en una terrible carrera de relevos, a esta meta insensata? ¿O es un hombre distinto, nacido de la muerte de tanta vida como tuvo y le cantaba alrededor incesantes baladas?

LA SOLEDAD, ANTERIOR al amor, fue el camino hacia él.

EL SER HUMANO aspira a disponer de un amor en exclusiva. (También a dedicarse en exclusiva a él, pero esta segunda aspiración la contraría con facilidad.) Hay etapas de la vida —las más solitarias— en que el ser humano es pura esperanza, o pura desesperación. Son la infancia y la vejez. En ellas se procura realizar la segunda aspiración con mayor fuerza que la primera (la importancia de alguien se mide por el grado de dependencia que otro tenga de él). Si en tales etapas no se encuentra a mano una persona, el hombre se resigna a cualquier otra vida: una planta, un canario, una colección de caracolas, un perro, por ejemplo. Los grandes solitarios —los niños y los viejos: unos, porque no han sido aún admitidos; los otros, porque ya han sido desechados— reducen sus ansias a un mundo menor, a su cuarto de estar, a esa otra vida que atienden y miman, y que les demuestra su necesariedad. Supóngase el dolor que sienten cuando tal vida —que es, en definitiva, la prueba de la suya— se extingue. Se secó la planta, las caracolas se quebraron, murieron el canario o el perro. La soledad entonces se vuelve abrumadora, porque ya ni ella es compartida.

LA SOLEDAD, COMO algún otro sentimiento —acaso el amor no—, se perfecciona por el uso.

SER MENDIGA, LA mayor mendiga de todas, es pedir a los días que pasen, que pasen deprisa y que nos dejen... Eso es lo que hago yo. Y ser vagabunda es no tener a nadie que se ocupe de si dormiste anoche, o de dónde dormiste, o dónde dormirás las noches que vengan...

Somos islas errantes. Solitarios
que corren juntos sin saber adónde.
Hecho está el juego, y se prohíbe ya
rectificar la apuesta: hay adoptado,
hay pendiente un designio.

Nos posee
aquello que creemos
poseer, y aquello que nos quema
no es más que el eco de una voz. Su nido
tiene la golondrina en un calor
lejano, y respeta el heliotropo
mandatos de oro. Alguien

remueve las profundas aguas negras
y echa a volar después. En vano busco
por la altamar caminos, huellas contra
las que oprimir mi pie y decir: «Estuve
aquí otra vez y ardía. Reconozco
esta muerte, esta noche: son las mías.
Llevo en la frente su medida. Puedo
olvidar a los otros. Ofuscado
dormiré en la tiniebla sin estelas,
a la que el orto de la luna teme.»

Pero el amor es una ardiente cábala
con sal trazada en medio de la espuma.
Ha de arrastrarse un corazón tras otro
interminablemente, conspirar
con un cómplice en ese breve crimen
del abrazo. Qué sin sentido vamos.
Qué huérfanos de abril y de esperanza.
Trémulos como el ave
que perdió su canción y no la encuentra,
y se ha olvidado de quién es y cuál
era su rama. En vilo mantenidos
la víspera de nada,
del peso de las alas prisioneros,
entre el aire total, sin rumbos, sobre
el divino cantil, en que las islas
habrán de ser varadas para siempre
junto al agua nocturna e inmutable.

VIVIR NO ES más que estar diciendo adiós a uno mismo y, por consiguiente, a todo lo demás: una profunda soledad llena de adioses. Tal es su única música, la música que pretendemos no escuchar. Cualquier historia será siempre mal contada, porque al hacerlo elegimos lo que deseamos contar. No es otra la razón de que, si afinamos el oído, en lo más subrepticio de nosotros percibamos una voz, la nuestra, que nos advierte: «Vayas donde vayas, yo iré siempre un paso por delante de ti.» Tal es la única verdadera compañía, la única que se acaba tan sólo con la muerte.

EL SOLITARIO POR propia voluntad echa a veces de menos la compañía. La que tuvo antes de venir a este reino austero y frío aunque feraz, o aquélla cuya ausencia le impulsó a desenmascarar su vida y retirarse.

UNA SOLEDAD SONORA es mejor que una taciturna compañía.

SE PUEDE SER libre en compañía. Quizá se es más independiente estando solo, porque no hay nadie que nos tire de un pie, ni de una mano, ni de una oreja. Ser más independiente sí exige más soledad, más renuncia: no pertenecer a nadie en concreto, no pertenecer a nadie en exclusiva, estar un poco por encima de las preferencias, no elegirse ni uno mismo, ser más generoso... Pero creo que la libertad es compartida y es compatible con la soledad... Aunque hay un peligro. Llega un momento en que la soledad no es ya la meta del solitario, sino su destino y su condena. Todos lo respetan, pero nadie osa compartir su vida. Tiene amigos, pero nadie lo abraza, admiradores, pero ninguno estrecha lazos con él. Le rodea la atmósfera del solitario; cierta incapacidad de relacionarse, contra la que nada pueden la voluntad ni el deseo más ardiente.

A UN SOLITARIO solidario lo peor que puede sucederle es que le quiten la soledad y no le den, a cambio, compañía.

SOLITARIO-SOLIDARIO: SIGNIFICA que me encuentro vinculado por lazos irrompibles de humanidad con mis semejantes, en especial con los abandonados, los desatendidos, los sufrientes, los indecisos, los que no acaban de tropezar consigo mismos. Pero significa también que estoy solo. Y protejo mi soledad y la cultivo para que las íntimas compañías no me distraigan de esa otra, ajena e invisible y más amplia; para que mis minúsculos percances de compañero no me distancien de los percances colectivos. Estoy, pues, solo con el fin de pertenecer a un mayor número de gente, que ni mi tiempo, ni mi salud, ni mi trabajo me permitirían tratar, y que trato sólo a través de lo que escribo.

EN MI SOLEDAD íntima no resuenan —bien lo sabe Dios que lo siento— más voces que la mía.

Mɪs ᴘᴇʀʀᴏs sᴏɴ mi mayor dosis de hogar.

Pᴀʀᴀ ʟᴏs sᴏʟɪᴛᴀʀɪᴏs [la primavera] no es la estación mejor. Subraya con un trazo excesivo sus carencias. A su alrededor el letargo de las cosas se ha roto, se desperezan sin pudor, se acarician, se besan. Forman parte todas de un espléndido estreno. Concurren a una fiesta que ellas mismas se brindan: *son su fiesta*. Pero al solitario no lo ha invitado nadie; peor aún, él se salió de aquella fiesta un día, y ya no sabe cuándo, ni cómo, ni por qué. Miró una tarde en torno suyo y no vio a nadie, y no esperaba a nadie, y nadie lo esperaba. La ebriedad, que ahora presencia desde arriba, es una fruición de los demás. Él bebió un día, se emborrachó un día —no siempre estuvo solo—, pero la mágica resaca desapareció. No existe ya. Sólo un leve mareo, apenas un dolor de cabeza, apenas un dolor de corazón... El solitario cierra la ventana que da a la primavera. Entra en sí. Aparta el amarillo olor de las mimosas que subrepticiamente lo envolvía, la esbeltez amarilla del narciso, la rotunda ubicuidad de los jacintos. No quiere que los acompañados le echen en cara su soledad; que los jubilosos le echen en cara que no ríe. Vuelve a sí mismo y atranca bien la puerta...

Cuando el amor, ese desesperado
afán de no estar solo,
tiñe de azul mi corazón,
y se acercan a mí
todas las criaturas de su mano,
de repente me asalta

una imprevista furia por seguir
siendo yo solamente, pobre y frío
yo, en mi desmantelada
guarida, que ni para ser
sepulcro sirve pero es mía.
No quiero mirar nada
a través de otros ojos,
ni dormitar sobre la dúctil gracia
de una cintura o una mano,
del arco de unos labios o unas cejas.
Quiero ser yo, ser mío, ser mi dueño
y mi esclavo, morir en mi tiniebla.
Que muera en mi tiniebla
todo aquello que pudo ser mi hijo,
sangre mía, mi casta, regusto de mi boca.
Que cada amanecer en sí mismo se cierre,
sin verter su palabra al oído de un cómplice.

Solteros

LAS DEFINICIONES POR modo negativo suelen ser confusas. Será soltero el que no esté casado; pero, cada vez más, hay vinculaciones que no coinciden con el matrimonio. La unión *ex soluto et soluta* ha experimentado variaciones. *Soltero* no procede de *solo*, sino de *suelto*, o sea, de libre. Ahora es frecuente tropezar con solteros que no están libres, ya que forman parte de una pareja —convencional o no, da igual— estable. Y, por el contrario, hay quienes, después de una brevísima experiencia matrimonial vuelven —legalmente o no, también da igual— a la soltería. Las situaciones son muy flexibles.

ESA MANÍA MATRIMONIAL, tan rígida que exige que una comedia termine siempre en boda, proviene de dos equivocaciones corrientes. La primera, con origen en san Pablo, pensar que la sexualidad se satisface con el matrimonio («casarse o abrasarse»: máximo de tentaciones y máximo de comodidades para apaciguarlas). La segunda, la mala prensa que tienen los solteros. (Y las solteras, por supuesto.)

En cuanto a aquella «mala prensa», se debe a la impresión

que suele producir la soltería a los «casados sin éxito» de ser egoísta o impuesta. El soltero es el no invitado a la fiesta, una vida que no fue preferida o es un ser que no quiere abrirse y compartirse. Esa impresión sólo responderá a lo cierto cuando el soltero se amargue en su interior, se resienta y se frustre. Porque el gran valor suyo es justamente su desinstalación, su disponibilidad: ser taxi con luz verde, que enriquece la vida desarraigadamente. Una vida de espera y acogida multiplicada por un encuentro universal. (Tan arriesgado, no obstante: porque amar a todos es estar a dos dedos de no amar a ninguno.)

DE ORDINARIO, LA condición de soltero se une a la pasión, a la juventud, a la dádiva de sí, al ansia de la vida, a cuanto sirve de objeto para la libertad.

HAY PERSONAS QUE no están dispuestas a buscar su media naranja, bien porque se requiera una singular dedicación, bien porque consideran que ellas —y así será— son naranjas enteras. Y personas también que, teniendo su vida organizada y, en cuanto es verosímil, dirigida a un fin, no encuentran quien ose penetrar entre tan apretadas estructuras: un riesgo que, no los solterones, sino sus potenciales parejas, se niegan a correr.

ES DIFÍCIL ASEGURAR que los solterones lo sean porque nunca han tenido un amor, o no hayan sido capaces de él.

Algunos, con mayor fuerza que los casados, y durante mucho más tiempo, fueron protagonistas de historias admirables.

AYER —y hoy aquí en muchas ocasiones— se opina que el solterón es un egoísta contumaz, y la solterona, una desgraciada que no tuvo la oportunidad de pescar un marido, y que acabará convirtiéndose en santa o resentida, según como lo tome. De unos y otras se habla aún con un tono despectivo o conmiserativo.

QUIENES TENGAN VOCACIÓN de águila no servirán para gallinas cluecas aunque lo intenten; nadie nace para célibe, ni para cónyuge. Lo mejor es que cada cual escriba, con su puño y letra, el estatuto de su propia vida. Como debió ser siempre. Ni la soledad ni la compañía vienen de fuera adentro.